黃逸龍 編著

# 旅遊德語會話

附贈MP3

書泉出版社 印行

# 作者的話

前往其他的國家時有時候並不是那麼容易。因為當地的語言可能很陌生，而且文化跟習慣也不相同。所以不管是去旅行或出差，都有可能遭遇到一些麻煩。

本書當初的寫作目的，就是希望幫助讀者減少在旅途中不必要的困擾。因此在書中不但提供很多德語生字跟會話的說法，也談到許多德國文化跟生活習慣。作者是在德國出生、德國長大的台灣和德國的混血兒。除了小時候曾經來到台灣玩過之外，後來又在台灣住了十幾年，因而對於台灣跟德國的文化和習慣都很熟悉。而且因為長時間住在台灣，所以每當前往德國的時候，也幾乎是以觀光客的角色前往。有時候也有機會去德國出差，所以特別能感受到前往德國觀光或出差時，可能遭遇到的問題。

因此，在這本書中，作者特地為讀者列舉了旅行或出差可能用到的單字和實用的會話。並且還告訴讀者在德國可以吃什麼、怎麼吃比較便宜、在德國要參觀哪些名勝景點，以及在某些場合哪些事是不能做的。

最後，希望不論你是為了學德語而前往德國，或是打算要去德國旅遊、去德國出差，都能透過本書而獲得幫助。

黃逸龍

# Contents
# 目次


- **發音** Aussprache／001
- **基本說法** Grundbegriffe／005

  打招呼 Begrüssung/Verabschiedung／006

  自我介紹 Vorstellung／007

  謝謝 Danke／007

  什麼？ Was／009

  我想要／要 Ich möchte/ will／009

  基本的問題 Grundlegende Fragen.／010

  喊聲 Ausrufe／011

  時間／點鐘 Uhrzeit/Zeit／012

  星期／014

  月／年／季節 Monate/Jahr/Jahreszeit／015

  方向 Richtung／016

  錢 Geld／017

  數字 Zahlen／018
- **交通** Reisen in Deutschland／023

  飛機／機場 Flugzeug/Am Flughafen／023

  火車／火車站 Zug/U-Bahn/Am Bahnhof／033

  公車、巴士／公車站 Bus/Bushaltestelle／040

# Contents
# 目次


計程車 Taxi / 043

租車 Auto mieten / 047

生詞 Vokabeln / 054

- **過夜；住宿** Übernachten/Unterkunft / 069

飯店 Im Hotel / 069

青年旅館 In der Jugendherberge / 077

露營 Zelten / 081

生詞 Vokabeln / 085

- **食物；膳食** Essen/Verpflegung / 097

餐廳 Im Restaurant / 097

自己買／超級市場 Selber einkaufen/im Supermarkt / 109

快餐 Schnellrestaurant/Imbiss / 115

生詞 Vokabeln / 118

- **休閒** Freizeit / 131

觀光 Sightseeing / 131

相機／拍照 Kamera/fotografieren / 136

博物館 Museum / 139

購物／逛街 Einkaufen/Bummeln / 144

電影院／劇院 Kino/Theater / 148

交流 Freunde kennenlernen / 153

# Contents 目次


天氣 Wetter / 162

金錢／銀行 das Geld/die Bank / 163

郵局 die Post / 167

生詞 Vokabeln / 170

- **緊急情況** Notfälle / 189

跟台灣駐德國代表處連絡 Mit der taiwanischen Vertretung in Deutsch-land kommunizieren / 189

生病 Krankheit / 191

警察／消防隊／緊急電話 Polizei/Feuerwehr/Notruf / 196

遺失 Verloren / 200

拒絕 weigern/ablehnen / 201

生詞 Vokabeln / 202

- **附錄** Anhang / 211

文法 Grammatik / 211

# Aussprache
# 發音

| 大寫 | 小寫 | 相近的發音 |
| --- | --- | --- |
| A | a | ㄚ |
| B | b | ㄅㄟ |
| C | c | ㄘㄟ |
| D | d | ㄉㄟ |
| E | e | ㄜ |
| F | f | ㄜㄈ |
| G | g | ㄍㄟ |
| H | h | ㄏㄚ |
| I | i | ㄧ |
| J | j | ㄧㄛㄊ |
| K | k | ㄎㄚ |
| L | l | ㄝㄌ |
| M | m | ㄇ |
| N | n | ㄋ |
| O | o | ㄛ |
| P | p | ㄆㄟ |
| Q | q | ㄎㄨ |
| R | r | ㄜㄖ |
| S | s | ㄝㄙ |
| T | t | ㄊㄟ |
| U | u | ㄨ |
| V | v | ㄈㄠㄨ |

| 大寫 | 小寫 | 相近的發音 |
| --- | --- | --- |
| W | w | ㄈㄟ |
| X | x | ㄧㄎㄙ |
| Y | y | ㄩㄆㄙㄧㄌㄨㄣ（可是在字裡面的發音就是像「i」或像英文的「ye」或「ya」 |
| Z | z | ㄘㄝㄊ |
| Ä | ä | ㄝ |
| Ö | ö | |
| Ü | ü | ㄩ |
| - | ß | ㄝㄙ |

| 大寫 | 小寫 | 音標 | 適用單字 |
| --- | --- | --- | --- |
| A | a | [a] | das Auto |
| B | b | [be] | der Bär |
| C | c | [tse] | Cäsar |
| D | d | [de] | Deutschland |
| E | e | [e] | die Erde |
| F | f | [ɛf] | fragen |
| G | g | [ge] | gehen |
| H | h | [ha] | das Haus |
| I | i | [i] | der Igel |

| 大寫 | 小寫 | 音標 | 適用單字 |
|---|---|---|---|
| J | j | [jɔt] | just |
| K | k | [ka] | kommen |
| L | l | [ɛl] | legen |
| M | m | [ɛm] | machen |
| N | n | [ɛn] | nehmen |
| O | o | [o] | offen |
| P | p | [pe] | der Pfirsich |
| Q | q | [ku] | die Qualle |
| R | r | [ɛr] | das Rad |
| S | s | [ɛs] | die Straße |
| T | t | [te] | das Tor |
| U | u | [u] | unartig |
| V | v | [faʊ] | der Vogel |
| W | w | [ve] | das Wasser |
| X | x | [iks] | das Xylophon |
| Y | y | ['ʏpsilɔn] | die y-Achse |
| Z | z | [tsɛt] | der Zucker |
| Ä | ä | [ɛ] | ähneln |
| Ö | ö | [ø] | öde |
| Ü | ü | [y] | über |
| - | ß | scharfes[ɛs]/ Eszett | die Straße |

Note
筆記

# Grundbegriffe
## 基本說法

| Personalpronomen | 代名詞 | 「sein」= 是；有；在 |
|---|---|---|
| ich | 我 | ich bin |
| du | 你 | du bist |
| Sie | 您這個字通常在德國用「Sie」，基本上，對成人都用「Sie」，除非彼此很熟。 | Sie sind |
| er/sie/es | 他／她／它 | er/sie/es ist |
| wir | 我們 | wir sind |
| ihr | 你們 | ihr seid |
| sie | 他們 | sie sind |

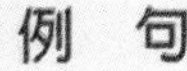

### 例句

- Ich bin Taiwaner.

  我是台灣人。

- Ich bin in Deutschland.

  我在德國。

- Da ist ein Haus.

  那邊有一棟房子。

## ■Begrüssung/Verabschiedung 打招呼

| | |
|---|---|
| Hallo! | 哈囉！ |
| Guten Morgen! | 你好！早安！ |
| Guten Tag! | 你好！（使用時間：大約從上午10點到下午6點） |
| Guten Abend! | 你好！（使用時間：大約從下午6點） |
| Gute Nacht! | 晚安！（平常睡覺之前使用） |
| Wie geht es Ihnen? | 您好嗎？ |
| Mir geht es gut, danke. | 我很好，謝謝。 |
| Danke, gut. | 我很好，謝謝。 |
| Nicht so gut. | 不太好。 |
| Schlecht! | 不好。 |
| Etwas müde. | 有一點累。 |
| Ich bin etwas müde. | 我有一點累。 |
| Guten Appetit. | 慢慢吃；祝你有個好胃口。 |
| Gesundheit! | 祝你健康！（別人打噴嚏的時候用—算是很重要的說法。很多人覺得，不說「Gesundheit」就沒有禮貌。） |
| Auf Wiedersehen! | 再見！ |
| Bis morgen! | 明天見！ |

## ■Vorstellung 自我介紹

| | |
|---|---|
| Freut mich Sie kennenzulernen. | 很高興認識您。 |
| Wie heißen Sie? | 您叫什麼名字？ |
| Wie heißt Du? | 你叫什麼名字？ |
| Ich heisse ... | 我叫⋯ |
| Mein Name ist ... | 我的名字是⋯ |
| Ich komme aus ... | 我是從⋯來的。 |
| Darf ich fragen, wie alt Sie sind? | 請問，您幾歲？ |
| Ich bin 25 Jahre alt. | 我今年25歲。 |
| Woher kommen Sie? | 您是從哪裡來的？<br>您是哪裡的人？ |
| Ich komme aus Taiwan. | 我是從台灣來的。 |
| Ich bin Taiwaner. | 我是台灣人。 |

## ■Danke 謝謝

| | |
|---|---|
| Danke. | 謝謝。 |
| Vielen Dank. | 非常謝謝。 |
| Bitte. | 不要客氣。 |
| Bitte. | 給你。 |
| Bitte! | 求求你！ |

| | |
|---|---|
| Bitte sehr. | 不要客氣。 |
| Bitte schön. | 不要客氣。 |
| Gern geschehen. | 不要客氣。 |
| Entschuldigung | 對不起。不好意思。 |
| Entschuldigen Sie bitte. | 對不起。不好意思。 |
| Verzeihung. | 對不起。不好意思。 |
| Ich spreche kein Deutsch. | 我不會說德文。 |
| Sprechen Sie Englisch/Chinesisch? | 您會說英文/中文嗎？ |
| Ja. | 是的。 |
| Nein. | 不是。 |
| Ich verstehe. | 我懂。我了解。 |
| Ich verstehe (das) nicht. | 我不懂。我不了解。<br>我聽不懂。 |
| Wie bitte? | 什麼？ |
| Könnten Sie etwas langsamer sprechen? | 您可以講慢一點嗎？ |
| Können Sie das noch einmal wiederholen? | 您可以再說一次嗎？ |

# Grundbegriffe
# 基本說法

## ■Was 什麼？

| | |
|---|---|
| Was ist das? | 這是什麼？ |
| Wie heißt das? | 這個叫什麼？ |
| Wie heißt diese Straße? | 這條路叫什麼？ |
| Wo ist das? | 在哪裡？ |
| Wann ist das? | 什麼時候？ |
| Wer ist das? | 他是誰？ |

## ■Ich möchte/ will 我想要／要

| | |
|---|---|
| Ich möchte ... | 我想要……（比較客氣，平常都用這個說法。） |
| Ich will ... | 我要…（比較不客氣） |
| Ich möchte nicht essen. | 我不想吃東西。 |
| Ich will nicht essen. | 我不要吃東西。 |
| Ich möchte kein Eis. | 我不要冰淇淋。 |
| Ich möchte ein Eis. | 我想要一球冰淇淋。 |
| Ich möchte etwas kaufen. | 我想買東西。 |
| Ich hätte gern ... | 我想要…（比較客氣） |

## ■Grundlegende Fragen. 基本的問題

| | |
|---|---|
| Sprechen Sie Englisch/Chinesisch? | 您會說英文／中文嗎？ |
| Das habe ich nicht verstanden. | 我聽不懂。 |
| Können Sie etwas langsamer sprechen? | 您可以說慢一點嗎？ |
| Können Sie das wiederholen? | 您可以再說一次嗎？ |
| Wie bitte? | 對不起。（用於沒聽清楚） |
| Was bedeutet das? | 這是什麼意思？ |
| Können Sie mir das bitte aufschreiben? | 您可以幫我把這個寫下來嗎？ |
| Was ist los? | 什麼事？ |
| Was ist passiert? | 發生了什麼事？ |
| Kann ich Ihnen helfen? | 我可以幫您嗎？ |
| Was kann ich für Sie tun? | 我可以為您做什麼？ |
| Womit kann ich Ihnen helfen? | 我可以幫您什麼忙？ |
| Kann ich etwas für Sie tun? | 我可以為您做什麼？ |

## ■Ausrufe 喊聲

| | |
|---|---|
| Wirklich! | 真的！ |
| Tatsächlich? | 是嗎？ |
| Ich verstehe! | 了解！ |
| Richtig! | 沒錯！ |
| Stimmt! | 沒錯！ |
| Ach so? | 喔唷？啊！ |
| Interessant! | 有趣！ |
| Unglaublich! | 不可能。 |
| Keine Ahnung. | 不知道。 |
| Toll!/Super!/Großartig!/Wunderbar! | 很棒！ |
| Schade! | 可惜！ |
| Los! | 走吧！ |
| Auf geht's! | 走吧！ |
| Vielen Dank für Ihre Hilfe. | 謝謝您的幫忙。 |
| Alles klar. | 好的，沒有問題。 |
| Kein Problem. | 好的，沒有問題。 |
| In Ordnung. | 好的，沒有問題。 |

德國人講時間經常用24小時制。早上5點鐘是5 Uhr，下午5點鐘是17 Uhr，早上10點鐘是10 Uhr，晚上10點鐘則是22 Uhr。但還是可以用12小時制。可是最好要說

清楚是早上（morgens）、下午（nachmittags）、晚上（abends），早上5點鐘是5 Uhr morgens，下午5點鐘是5 Uhr nachmittags；早上10點鐘是10 Uhr morgens，晚上10點鐘則是10 Uhr abends。

## ■Uhrzeit/Zeit 時間／點鐘

| | |
|---|---|
| Uhr | 鐘 |
| Uhrzeit | 時間；點鐘 |
| 2:00 = "2 Uhr" | 兩點 |
| 2:10 = "2 Uhr10 | 兩點十分 |
| 2:10 = "10 nach 2" | 兩點十分 |
| 2:15 ="2 Uhr 15" | 兩點十五分 |
| 2:15 = "Viertel nach 2" | 兩點十五分，有的地方說：Viertel 3 |
| 2:30 = "2 Uhr 30"或 "Halb 3" | 兩點半 |
| 2:45 = "2 Uhr 45"或 "Viertel vor 3" | 兩點四十五分，有的地方說：Drei Viertel 3 |
| Zeit | 時間 |
| jetzt | 現在 |
| sofort | 馬上就 |
| gleich | 隨即 |
| spät | 晚的 |
| später | 比較晚的 |

| | |
|---|---|
| früh | 早的 |
| früher | 比較早的 |
| heute | 今天 |
| gestern | 昨天 |
| morgen | 明天 |
| der Morgen | 早上 |
| der Mittag | 中午 |
| der Nachmittag | 下午 |
| der Abend | 晚上 |
| gestern früh | 昨天早上 |
| gestern Mittag | 昨天中午 |
| gestern Abend | 昨天晚上 |
| heute früh | 今天早上 |
| heute Morgen | 今天早上 |
| heute Mittag | 今天中午 |
| heute Abend | 今天晚上 |
| morgen früh | 明天早上 |
| morgen Mittag | 明天中午 |
| morgen Abend | 明天晚上 |
| Wieviel Uhr ist es? | 現在幾點？ |
| Wie spät ist es? | 現在幾點？ |
| Es ist 17 Uhr. | 現在下午5點。 |
| Um wieviel Uhr treffen wir uns? | 我們幾點鐘要碰面／見面／集合？ |

| | |
|---|---|
| Wir treffen uns um 10 Uhr. | 我們10點鐘要碰面／見面／集合。 |
| Wann beginnt der Film/die Vorstellung/das Konzert? | 電影／表演／演唱會幾點開始？ |
| Der Film beginnt um 18:30. | 電影晚上6點半開始。 |
| Es ist zu spät/früh. | 太晚了！／太早了！ |
| Es ist schon spät. | 已經很晚了。 |
| Es ist noch früh. | 還很早。 |
| Bis später! | 待會兒見！ |
| Bis morgen! | 明天見！ |

## ■星期

| | |
|---|---|
| Montag | 星期一 |
| Dienstag | 星期二 |
| Mittwoch | 星期三 |
| Donnerstag | 星期四 |
| Freitag | 星期五 |
| Samstag/Sonnabend | 星期六 |
| Sonntag | 星期日 |
| Welcher Tag ist heute? | 今天星期幾？ |
| Heute ist Montag. | 今天星期一。 |

| | |
|---|---|
| die Woche | 禮拜；週 |
| letzte Woche | 上個禮拜 |
| diese Woche | 這個禮拜 |
| nächste Woche | 下個禮拜 |
| in einer Woche | 一個禮拜後 |
| vor einer Woche | 一個禮拜前 |

在台灣要說日期是先說或寫月，然後說或寫日。在德國則是相反。例如3月6日，在台灣是3/6，在德國則是6.3。

## ■Monate/Jahr/Jahreszeit 月／年／季節

| | |
|---|---|
| Januar | 一月 |
| Februar | 二月 |
| März | 三月 |
| April | 四月 |
| Mai | 五月 |
| Juni | 六月 |
| Juli | 七月 |
| August | 八月 |
| September | 九月 |
| Oktober | 十月 |
| November | 十一月 |
| Dezember | 十二月 |

| | |
|---|---|
| der Frühling | 春天 |
| der Sommer | 夏天 |
| der Herbst | 秋天 |
| der Winter | 冬天 |
| das Jahr | 年；年度 |
| letztes Jahr | 去年 |
| dieses Jahr | 今年 |
| nächstes Jahr | 明年 |
| im Jahr 2012 | 在2012年 |
| Welches Datum haben wir heute? | 今天幾月幾日？ |
| Welcher Tag ist heute? | 今天幾月幾日？ |
| Heute ist der 31. Mai 2012. | 今天2012年5月31日。 |

## ■Richtung 方向

| | |
|---|---|
| links | 左邊 |
| rechts | 右邊 |
| nach links/ nach re-chts | 往左邊／往右邊 |
| geradeaus | 一直 |
| weit | 遠的 |
| nah | 近的 |

| | |
|---|---|
| zurück | 回去 |
| Norden | 北邊 |
| Osten | 東邊 |
| Süden | 南邊 |
| Westen | 西邊 |

## ■Geld 錢

| | |
|---|---|
| Geld | 錢 |
| Euro | 歐元 |
| Eurocent | 歐分 |
| 5.50 = "5 Euro 50" | 5.5歐元 |
| 0.50 = "50 Cent" | 0.5歐元 |
| kosten | 價格為… |
| Wieviel kostet das? | 多少錢？ |
| das kostet... | 這價格是… |
| Wieviel macht das? | 多少錢？ |
| Das macht ... | 這總共是…（多少錢） |
| teuer | 貴的 |
| billig | 便宜的 |
| zu teuer | 太貴了 |
| sehr teuer | 很貴的 |
| sehr billig | 很便宜的 |

| | |
|---|---|
| Das ist (sehr) teuer. | 這個（很）貴。 |
| Das ist nicht teuer. | 這個不貴。 |
| bar | 現金 |
| das Bargeld | 現金 |
| die Gebühr | 費用 |
| der Wechselkurs | 匯率 |
| Geld umtauschen | 換錢 |
| das Kleingeld | 零錢 |
| die Münze | 硬幣 |
| der Schein | 鈔票 |
| der Geldschein | 鈔票 |
| die Note | 鈔票 |
| die Geldnote | 鈔票 |
| der Geldautomat | 提款機 |

## ■Zahlen 數字

| Zahlen | 數字 | 序數 |
|---|---|---|
| 1 | eins | erste |
| 2 | zwei | zweite |
| 3 | drei | dritte |
| 4 | vier | vierte |
| 5 | fünf | fünfte |

| Zahlen | 數字 | 序數 |
| --- | --- | --- |
| 6 | sechs | sechste |
| 7 | sieben | siebte |
| 8 | acht | achte |
| 9 | neun | neunte |
| 10 | zehn | zehnte |
| 11 | elf | elfte |
| 12 | zwölf | zwölfte |
| 13 | dreizehn | dreizehnte |
| 14 | vierzehn | vierzehnte |
| 15 | fünfzehn | fünfzehnte |
| 16 | sechszehn | sechzehnte |
| 17 | siebzehn | siebzehnte |
| 18 | achtzehn | achtzehnte |
| 19 | neunzehn | neunzehnte |
| 20 | zwanzig | zwanzigste |
| 21 | einundzwanzig | einundzwanzigste |
| 22 | zweiundzwanzig | zweiundzwanzigste |
| 23 | dreiundzwanzig | dreiundzwanzigste |
| 24 | vierundzwanzig | vierundzwanzigste |
| 25 | fünfundzwanzig | fünfundzwanzigste |
| 26 | sechsundzwanzig | sechsundzwanzigste |
| 27 | siebenundzwanzig | siebenundzwanzigste |

| Zahlen | 數字 | 序數 |
|---|---|---|
| 28 | achtundzwanzig | achtundzwanzigste |
| 29 | neunundzwanzig | neunundzwanzigste |
| 30 | dreißig | dreißigste |
| 40 | vierzig | vierzigste |
| 50 | fünfzig | fünfzigste |
| 60 | sechzig | sechzigste |
| 70 | siebzig | siebzigste |
| 80 | achtzig | achtzigste |
| 90 | neunzig | neunzigste |
| 100 | einhundert | einhundertste |
| 101 | einhunderteins, einhunderundeins | einhundertunderste |
| 110 | einhundertzehn, einhundertundzehn | einhundertzehnte |
| 200 | zweihundert | zweihundertste |
| 300 | dreihundert | dreihundertste |
| 400 | vierhundert | vierhundertste |
| 500 | fünfhundert | fünfhundertste |
| 600 | sechshundert | sechshundertste |
| 700 | siebenhundert | siebenhundertste |
| 800 | achthundert | achthundertste |
| 900 | neunhundert | neunhundertste |
| 1000 | eintausend | eintausendste |

| Zahlen | 數字 | 序數 |
|---|---|---|
| 1001 | eintausendeins, tausendundeins | tausendunderste |
| 1010 | eintausendzehn, eintausendundzehn | eintausendzehnte |
| 1100 | eintausendeinhundert | eintausendein-hundertste |
| 2000 | zweitausend | zweitausendste |
| 3000 | dreitausend | dreitausendste |
| 4000 | viertausend | viertausendste |
| 5000 | fünftausend | fünftausendste |
| 6000 | sechstausend | sechstausendste |
| 7000 | siebentausend | siebentausendste |
| 8000 | achttausend | achttausendste |
| 9000 | neuntausend | neuntausendste |
| 10000 | zehntausend | zehntausendste |
| 100000 | einhunderttausend | einhunderttau-sendste |
| 1000000 | eine Million | Millionste |

Note
筆記

## ■Flugzeug/Am Flughafen 飛機／機場

從台北或香港到德國法蘭克福機場的飛機，大部分都飛到第二航廈。可是法蘭克福機場的火車站在第一航廈（從那邊可以坐區域性火車跟長途火車（ICE）），所以大部分的乘客還是要到第一航廈。其間有區間接駁車，也像桃園機場一樣有「空中列車」。建議搭乘「空中列車」，因為比較快也比較舒服，而且乘客也比較少。很多人不知道有「Sky Train（空中列車）」所以大部分的旅客都坐「shuttle bus」。因此「shuttle bus」常常很擁擠，而且下雨或下雪時，搭乘「shuttle bus」很不方便也很不舒服。

- Guten Tag, ich möchte meinen Flug bestätigen.
  您好，我要確認我的班機。
- Mein Name ist Jack Chen.
  我叫Jack Chen。
- Mein Flug ist CI 289 nach Taipei, Taiwan.
  我的航班是CI289到台灣台北。
- Ich möchte meinen Flug umbuchen.
  我要更改機票。
- Haben Sie noch einen späteren/früheren Flug?
  還有比較晚／早的飛機嗎？
- Wieviel kostet eine Umbuchung?
  更改機票需要付多少錢？
- Entschuldigung, wo ist der Lufthansa-Schalter?
  請問德航的櫃檯在哪裡？

- Darf ich das mit ins Flugzeug nehmen?

我可以將這個帶上飛機嗎？

- Ist hier der Schalter für den Flug nach Berlin?

這裡是飛往柏林班機的櫃檯嗎？

- Entschuldigung, wo ist die Abflughalle?

請問機場大廳在哪裡？

- Ist das die richtige Reihe?

請問這是正確的航線嗎？

- Kann ich hier einchecken?

我可以在這裡登機嗎？

- Kann ich jetzt einchecken?

我可以現在登機嗎？

- Einen Fensterplatz/Gangplatz, bitte.

請給我靠窗座位／靠走廊座位。

- Ich möchte einen Fensterplatz/Gangplatz, bitte.

我想要一個靠窗座位／靠走廊座位。

- Ich hätte gern einen Platz im hinteren/vorderen Teil.

我想一個比較後面／前面的位子。

- Wir möchten zusammensitzen.

我們想坐一起。

- Ist das Flugzeug/die Maschine (sehr) voll?

飛機客滿了嗎？

- Ich habe zwei Gepäckstücke.

我有兩件行李。

- Ich habe kein Gepäck.

我沒有行李。

- Ich habe einen Koffer.

  我有一個行李箱。

- Ich möchte einen Kofferanhänger, bitte.

  請給我一張行李標籤。

- Geht mein Gepäck direkt bis nach Taipei?

  我的行李會直接運送到台北嗎？

- Das Gepäck ist zu schwer.

  行李太重了。

- Sie haben Übergepäck.

  您行李超重。

- Was kostet das Übergepäck?

  行李超重多少錢？

- Einen Moment, ich packe noch mal um.

  請等一下，我再整理我的行李一下。

- Ist meine Maschine pünktlich?

  我的班機是準時的嗎？

- Entschuldigung, wo ist Terminal 2?

  請問第二航站在哪裡？

- Wie komme ich zu Terminal 2?

  我要怎麼去第二航站？

- Entschuldigung, wo ist Flugsteig 25?

  請問第25號登機門在哪裡？

- Ist hier der Flugsteig für den Flug nach Hong Kong?

  這是往香港班機的登機門嗎？

- Welcher Flugsteig ist das?

  這是哪一個登機門？

- Ab wann kann man an Board gehen?

什麼時候可以登機？

- Fliegt die Maschine planmäßig ab?

飛機是準時起飛嗎？

- Wieviel Verspätung hat die Maschine?

飛機會延遲（誤）多久？

- Wo ist der Duty-Free-Shop?

免稅商店在哪裡？

- Ich möchte eine Flasche Whisky.

我要一瓶威士忌。

- Haben Sie Zigaretten?

您有香菸嗎？

- Ich hätte gern eine Stange Zigaretten.

我想要一盒香菸。

- Kann ich mit Dollar/Euro bezahlen?

我可以用美金／歐元付錢嗎？

- Entschuldigung, wo ist Sitz 5A?

請問座位5A在哪裡？

- Wo ist mein Platz?

我的座位在哪裡？

- Ich glaube, das ist mein Platz.

我覺得這是我的座位。

- Darf ich bitte mal durch?

借過一下。

- Einen Moment, bitte.

請稍等一下。

- Kann ich meinen Platz wechseln?

我可以換位子／座位嗎？

- Haben Sie chinesische Zeitungen/Magazine?

您有沒有中文報紙／雜誌？

- Darf ich meinen Sitz zurückstellen?

我可以將我的椅子歸位嗎？

- Könnten Sie Ihren Sitz (ein wenig) aufstellen?

麻煩您豎直一下椅背好嗎？

- In der Gepäckablage ist kein Platz mehr.

行李置放箱裡沒有空間了。

- Können Sie meinen Mantel aufbewahren?

您可以保管我的外套嗎？

- Kann ich meine Tasche/meinen Rucksack hier stehen lassen?

我的袋子／背包可以放在這裡嗎？

- Könnte ich noch eine Decke haben?

您可以給我一條毯子嗎？

- Könnten Sie mir ein Kopfkissen geben?

您可以給我一個枕頭嗎？

- Ich möchte einen Kopfhörer.

我想要一副耳機。

- Entschuldigung, was gibt es zum Frühstück/Mittagessen/Abendessen?

請問您們早餐／午餐／晚餐有提供什麼？

- Was für Getränke haben Sie?

你們有什麼飲料？

▸ Ich möchte ein Bier, bitte.

我想一杯啤酒。

▸ Ich hätte gern das Hühnchen.

我想要雞肉。

▸ Bitte wecken Sie mich zum Essen.

請您在吃飯時叫醒我。

▸ Ich möchte kein Essen, danke.

我不用吃飯，謝謝。

▸ Ich bin (noch nicht) fertig.

我（還沒）好了。

▸ Haben Sie Kaffee?

您有供應咖啡嗎？

▸ Haben Sie Snacks?

您有供應甜點嗎？

▸ Kann ich einen Snack bekommen?

我可以拿一塊點心嗎？

▸ Könnte ich noch einen Becher Wasser/Cola bekommen?

我可以再要一杯水／可樂嗎？

▸ Können Sie mir noch einen Becher Wasser/Cola geben?

您可以再給我一杯水／可樂嗎？

▸ Nein, danke.

不要，謝謝

▸ Ja, bitte.

好的，謝謝。

- Wie benutzt man diese Fernbedienung?

遙控器要怎麼用？

- Ich fühle mich nicht wohl.

我覺得不舒服。

- Haben Sie ein Medikament gegen Luftkrankheit/ Kopfschmerzen?

您有暈機／頭痛藥嗎？

- Wie lange dauert der Zwischenaufenthalt?

飛機中途停留多久？

- Kann ich im Flugzeug bleiben?

我可以留在飛機上嗎？

- Haben wir Verspätung?

我們延誤了嗎？

- Erreiche ich meinen Anschlussflug nach Taipei noch?

我還可以轉機到台北嗎？

- Wo ist die Gepäckausgabe?

行李提領處在哪裡？

- Welches Gepäckband?

哪一個行李輸送帶？

- Ich kann mein Gepäck nicht finden.

我找不到我的行李。

- Da ist der Zoll.

海關在那邊。

- Haben Sie etwas zu verzollen?

您有東西要報關嗎？

## Dialog 對話

### 出境

- Ihren Reisepass und Ihre Flugkarte, bitte.

您的護照跟機票。

- Bitte schön. Mein Reisepass und meine Flugkarte Here you go.

給您，我的護照跟機票。

- Haben Sie Gepäck?

您有行李嗎？

- Ja, ich habe einen Koffer.

有，我有一個行李箱。

- Bitte stellen Sie Ihren Koffer auf die Waage.

請您把您的行李箱放在秤重計上。

- Könnte ich einen Kofferanhänger haben?

可以給我一個行李標籤嗎？

- Ja, bitte sehr.

可以，請。

- Vielen Dank. Geht mein Gepäck direkt durch nach Taipei?

謝謝。我的行李會直接送達台北嗎？

- Ja. Hier ist Ihr Reisepass, Ihre Boarding Card und dies ist der Gepäckschein.

會的。這裡是您的護照、登機證、行李認領牌。

- Vielen Dank.

謝謝。

- Bitte seien Sie vor 12:50 Uhr an Gate 15

請您12:50前到達15號登機門。

## 飛機上-1

- Möchten Sie etwas trinken?

  您要喝東西嗎？

- Ja, ich möchte eine Cola/ein Bier.

  要，我想一杯可樂／啤酒。

- Möchten Sie das Huhn oder die Nudeln?

  您想要雞肉還是麵？

- Ich möchte das Huhn, bitte.

  我想要雞肉。

- Möchten Sie Kaffee oder Tee?

  您要咖啡或茶？

- Was für Tee haben Sie?

  您有提供什麼茶？

- Wir haben schwarzen Tee und Jasmintee.

  我們有紅茶跟茉莉花茶。

- Dann hätte ich gern den Jasmintee.

  那麼，我想要茉莉花茶。

## 飛機上-2

- Möchten Sie Kaffee oder Tee?

  您想要咖啡或茶？

- Ich möchte Kaffee.

  我想要咖啡。

- Mit Milch und Zucker?

  加奶油和糖嗎？

- Schwarz, bitte.

  都不要。（「黑咖啡」表示沒加奶油也沒加糖）

▸ Mit Milch aber ohne Zucker.

要加奶油，不要加糖。

## 入境

▸ Guten Tag, Ihren Reisepass, bitte.

您好，請給我您的護照。

▸ Hier mein Reisepass.

這是我的護照。

▸ Wohin möchten Sie?

您要到哪裡？

▸ Ich möchte nach Frankfurt.

我要到法蘭克福。

▸ Sind Sie beruflich oder privat in Deutschland?

您來德國旅行還是工作？

▸ Ich bin privat hier. Ich möchte Urlaub in Deutschland machen.

我來這裡玩。我想要在德國旅行。

▸ Ich bin privat hier. Ich möchte Freunde in Deutschland besuchen.

我來這裡玩。我要拜訪住德國的朋友。

▸ Ich bin beruflich hier. Ich besuche eine Messe/Konferenz.

我來這裡工作。我要參展。

▸ Ich bin beruflich hier. Ich nehme an einer Messe/Konferenz teil.

我來這裡工作。我要參展。

▸ Ich bin beruflich hier. Ich möchte meinen Kunden besuchen.

我來這裡工作。我要拜訪我的客戶。

▸ Wie lange bleiben Sie in Deutschland?

您要在德國待多久？

▸ Zwei Wochen.

兩個禮拜。

▸ Bleiben Sie nur in Frankfurt?

您只去法蘭克福嗎？

▸ Nein, ich fahre auch noch nach München und Berlin.

不，我還要去慕尼黑跟柏林。

▸ Hier Ihren Reisepass. Guten Aufenthalt.

這是您的護照，祝玩得愉快！

## ■Zug/U-Bahn/Am Bahnhof 火車／火車站

如果在德國搭火車，大部分都是德國鐵路的車。「Deutsche Bahn（德國鐵路）」可以說相當於臺灣的台鐵。可是除了「Deutsche Bahn」之外，現在還有別的公司提供火車服務。

一般來說在德國搭火車比在台灣搭火車貴多了，可是也有很多辦法可以買到比較便宜的車票。例如：

1.可以買「German Rail Pass」－下方連結可以查看資料跟訂票：

http://www.bahn.com/i/view/overseas/en/prices/germany/germanrailpass.shtml?dbkanal_007=L17_S02_D002_KIN0001_IS-germanrailpass_LZ001

「German Rail Pass」也可以用來搭德國的「ICE」（類似台灣的高鐵）。可是要注意：「German Rail Pass」只能用來搭「Deutsche Bahn」的火車。

2.如果您不急的話，可以搭比較慢的火車。比較慢的火車有一些特別便宜的票。這裡可以查詢跟訂票：

http://www.bahn.com/i/view/overseas/en/index.shtml

3.如果您比較早訂票，就有機會買到比較便宜的票。比如：您3月時已經確定6月要去德國，而且預計6/1早上要從柏林到慕尼黑。那麼在3月就可以訂那天的票，這樣就可以省很多錢，有時是一半的價格。

您可以透過這個網站訂票：

http://www.bahn.com/i/view/overseas/en/index.shtml

而且您訂票之後，馬上就可以用電腦列印所訂的票。您在德國搭火車的時候，就可以用自己列印的票（只需要付款的信用卡跟一個身份證明）。如果您錯過火車，票還是可以用來搭另外一班車，您只需要支付差價。

- Entschuldigung, können Sie mir sagen, wie ich zum Bahnhof komme?

請問，您可以告訴我如何去火車站嗎？

- Wo ist der Bahnhof?

火車站在哪裡？

- Wo kann ich eine Fahrkarte kaufen?

在哪裡可以買車票？

- Wo ist der Schalter?

櫃檯在哪裡？

- Entschuldigung, wo ist der Fahrkartenautomat?

請問自動售票機在哪裡？

- Ich möchte eine Fahrkarte kaufen.

我想買一張車票。

# Reisen in Deutschland
## 交通

- Ich möchte eine Fahrkarte nach Frankfurt kaufen.

我想買一張到法蘭克福的車票。

- Ich möchte eine Hin- und Rückfahrkarte.

我想一張來回票。

- Ich möchte eine Fahrkarte für den Zug nach Berlin morgen um 10:55 Uhr kaufen.

我想買一張明天早上10:55到柏林的車票。

- Ich möchte einen Platz für den Zug nach Berlin morgen um 10:55 Uhr reservieren.

我想訂一個明天早上10:55到柏林的位子。

- Gibt es einen Zug (direkt) nach Köln?

有直達科隆的火車嗎？

- Ich möchte meine Fahrkarte abholen.

我想要拿我的車票。

- Ich habe eine Fahrkarte reserviert und möchte sie jetzt abholen.

我訂了一張車票，現在要拿。

- Ich habe per Internet reserviert und möchte meine Fahrkarte abholen.

我透過網路訂票，現在要拿票。

- Hier meine Reservierungsnummer und meine Kreditkarte.

這裡是我的訂位代碼和信用卡。

- Einmal nach Frankfurt, bitte.

單程到法蘭克福。

- Einmal erster/zweiter Klasse nach Frankfurt, bitte.

單程的頭／二等車廂到法蘭克福的車票。

▸ Einfach, bitte.

單程票。

▸ Hin und zurück, bitte.

來回票。

▸ Hin- und Rückfahrt, bitte.

來回票。

▸ Wieviel kostet eine Fahrkarte nach Frankfurt?

一張到法蘭克福的車票要多少錢？

▸ Nichtraucher/Raucher bitte.

抽菸；不抽菸。

▸ Haben Sie einen Fahrplan?

您有行車時刻表嗎？

▸ Gibt es hier einen Fahrplan?

這裡有行車時刻表嗎？

▸ Geht dieser Zug direkt nach München?

這一班火車直接到慕尼黑嗎？

▸ Muss ich umsteigen?

我需要換車嗎？

▸ Wo muss ich umsteigen?

我需要在哪裡換車？

▸ Wo muss ich aussteigen?

我應該在哪裡下車？

▸ Auf welchem Gleis geht mein Zug?

我的火車從哪一個月台出發？

▸ Auf welchem Gleis geht der Zug nach Frankfurt?

到法蘭克福的火車從哪一個月台出發？

- Wo ist Gleis 5?

第5月台在哪裡？

- Ich suche Gleis 3.

我找第3月台。

- Ist das der Zug nach Frankfurt?

這是到法蘭克福的火車嗎？

- Ist der Zug pünktlich?

火車準時嗎？

- Fährt der Zug pünktlich ab?

火車會準時出發嗎？

- Fährt der Zug planmässig ab?

火車按照時刻表出發嗎？

- Der Zug hat Verspätung.

火車誤點了。

- Wieviel Verspätung hat der Zug?

火車延誤多久？

- Erreiche ich meinen Anschlusszug in Hannover?

我能趕上到漢諾威的轉乘車嗎？

- Entschuldigung, wo ist Wagen 5?

請問第5車廂在哪裡？

- Entschuldigung, wo ist mein Abteil/Platz?

請問我的車廂／位子在哪裡？

- Ich sitze in Wagen 5.

我坐在第5車廂。

- Ist dieser Platz noch frei? / Ist hier noch frei?

這個位子是空的嗎？

▸ Darf ich mich hierhin setzen?

我可以坐在這裡嗎？

▸ Entschuldigung, das ist mein Platz.

不好意思，這是我的位子。

▸ Ich möchte nach Hamburg.

我要到漢堡。

▸ Ich muss in Hannover umsteigen.

我需要在漢諾威換車。

▸ Darf ich das Fenster aufmachen/zumachen?

我可以開／關窗戶嗎？

▸ Können Sie mir helfen?

您可以幫我嗎？

▸ Können Sie mir helfen, mein Gepäck in das Gepäckfach zu legen?

您可以幫我把行李放在行李架嗎？

▸ Hält dieser Zug in Köln?

這班車有停靠科隆嗎？

▸ Wann fährt der letzte Zug nach Stuttgart?

最後一班到斯圖加特的火車幾點出發？

▸ Wie lange dauert die Fahrt?

這趟行程需要多久？

## Dialog 對話

▸ Guten Tag, was kann ich für Sie tun?

您好，我可以幫您什麼忙？

- Bitte zwei Fahrkarten zweiter Klasse nach München.

請給我兩張二等車廂到慕尼黑的火車票。

- Möchten Sie im Abteil oder Großraumwagen sitzen?

您要坐一般車廂還是大型車廂呢？

- Abteil, bitte.

一般車廂。

- Raucher oder Nichtraucher?

您抽菸或不抽菸？

- Nichtraucher.

我不抽菸。

- Der nächste Zug nach München geht in 35 Minuten von Gleis 10. Dann müssen Sie aber umsteigen.

下一班到慕尼黑的車在35分鐘後從第10月台出發。但你必須換車。

- Wann geht der nächste direkte Zug nach München?

下一班直達慕尼黑的車什麼時候離開？

- In 50 Minuten, von Gleis 11.

在50分鐘後，從第11月台出發。

- Gut, dann nehmen wir den direkten Zug.

好，那我們就坐直達車。

- Gut, hier zwei Fahrkarten zweiter Klasse nach München. Der Zug geht um 11:55 von Gleis 11. Gute Reise

好的，這是兩張二等車廂到慕尼黑的火車票。11:55從第11月台發車。一路順風。

- Vielen Dank. Auf Wiedersehen.

謝謝。再見！

## ■Bus/Bushaltestelle 公車、巴士／公車站

德國公車站的時刻表跟台灣的不一樣。在台灣，時刻表告知「每15-20分鐘有一班車」。德國的時刻表上則告知正確的時間。例如「5號公車到達的時間：10:05、10:25、10:45」。一般來說，公車也會按照時刻表的時間抵達，除非有特別情況，例如忽然下雪、有車禍等等。

▸ Entschuldigung, wo ist die Bushaltestelle?

請問公車站在哪裡？

▸ Wieviel kostet eine Fahrkarte nach Schloss Neuschweinstein?

一張到新天鵝堡的公車票多少錢？

▸ Ich möchte eine Tageskarte.

我想買一張一日票。

▸ Wo kann ich eine Busfahrkarte kaufen?

在哪裡可以買公車票？

▸ Kann man (auch) im Bus eine Fahrkarte kaufen?

在公車／巴士上（也）可以買車票嗎？

▸ Haben Sie einen Netzplan?

您有路線圖嗎？

▸ Welcher Bus fährt zum Deutschen Museum?

哪班公車到德國博物館？

▸ Welche Nummer fährt zum Deutschen Museum?

幾號公車到德國博物館？

▸ Können Sie mir bitte sagen, wann ich aussteigen muss?

您可以告訴我，什麼時候需要下車嗎？

- Wann fährt ein Bus zum Deutschen Museum?

公車什麼時候抵達德國博物館？

- Wann fährt der nächste Bus?

下一班公車／巴士什麼時候出發？

- Wann fährt der nächste Bus nach Göttingen?

下一班到哥廷根的公車／巴士什麼時候出發？

- Gibt es Busse zum Brandenburger Tor?

有沒有公車到布蘭登堡門？

- Fährt dieser Bus zum Brandenburger Tor?

這班車到布蘭登堡門嗎？

- Können Sie mir bitte sagen, wenn wir am Brandenburger Tor sind?

到達布蘭登堡門時，您可以告訴我嗎？

- Entschuldigung, wo sind wir jetzt?

不好意思，請問我們在哪裡？

- Ich möchte hier aussteigen.

我想在這裡下車。

- Ich habe meine Fahrkarte verloren.

我弄丟了車票。

- Ich habe ganz sicher eine Fahrkarte gekauft.

我很確定我買了一張車票。

- Kann ich eine neue Fahrkarte kaufen?

我可以買一張新的車票嗎？

- Ich muss Bußgeld bezahlen?

我需要付罰金？

- Wie hoch ist das Bußgeld?

罰金多少？

▸ Ich habe den falschen Bus genommen.

我搭錯公車了。

▸ Ich bin zu weit gefahren.

我坐過頭了。

▸ Wie komme ich zurück?

我要怎麼回去？

## Dialog 對話

▸ Guten Tag, fährt dieser Bus zum Brandenburger Tor?

您好，這班車到布蘭登堡門嗎？

▸ Ja.

是的。

▸ Gut. Wie lange dauert es etwa bis zum Brandenburger Tor?

到布蘭登堡門差不多要多久？

▸ Etwa 15 Minuten. Es sind 5 Stationen.

差不多15分鐘，要經過5個站。

▸ Vielen Dank. Was kostet eine Fahrkarte?

謝謝。一張車票多少錢？

▸ Eine Fahrkarte für Zone 1 kostet 1.50 Euro.

一張第一區車票價格是1.50歐元。

▸ Ich habe leider kein Kleingeld. Ich habe nur 5 Euro.

可惜我沒有零錢。我只有5歐元。

▸ Kein Problem. Hier sind 3.50 zurück. Und hier Ihre Fahrkarte.

沒有問題。我找您3.50歐元。這是您的車票。

- Danke schön. Können Sie mir bitte sagen, wann ich aussteigen muss?

謝謝。您可以告訴我什麼時候需要下車嗎？

- Ja, natürlich.

當然可以。

- Hier ist die Haltestelle zum Brandenburger Tor. Da vorne sehen Sie es schon.

這裡是布蘭登堡門的公車站。前面就看得到布蘭登堡門了。

- Vielen Dank. Auf Wiedersehen

謝謝。再見。

## ■Taxi 計程車

在德國，計程車不是隨時在路上行駛，所以乘客沒辦法在任何地方叫計程車停下。只有一些固定的地方可搭計程車，例如：火車站、機場、大飯店…等等。要不然乘客就必須事先預訂計程車。

- Entschuldigung, gibt es hier einen Taxistand?

請問這裡有計程車招呼站嗎？

- Entschuldigung, wo gibt es hier einen Taxistand?

請問哪裡有計程車招呼站？

- Wo kann ich hier ein Taxi nehmen?

在哪裡可以搭到計程車？

- Ich brauche ein Taxi.

我需要一輛計程車。

- In (genau) 30 Minuten

在（確定）30分鐘後。

- Ich brauche ein Taxi in (genau) 30 Minuten.

在（確定）30分鐘後我需要一輛計程車。

- Ich brauche ein Taxi zum Hotel.

我需要搭計程車到飯店。

- Können Sie mir ein Taxi für morgen früh bestellen?

您可以幫我預訂明天早上的計程車嗎？

- Bitte bestellen Sie mir ein Taxi für 8 Uhr.

請您幫我預訂8點的計程車。

- Können Sie mir Bescheid sagen, wenn das Taxi kommt?

計程車到了，您可以通知我嗎？

- Sagen Sie mir bitte, wenn das Taxi kommt.

計程車到了，請您通知我。

- Können Sie mein Gepäck zum Taxi bringen?

您可以幫我把我的行李拿到計程車上嗎？

- Können Sie mich bitte in einer Stunde abholen?

您一個小時後可以來接我嗎？

- Wieviel kostet ein Taxi zum Bahnhof?

搭計程車到火車站要多少錢？

- Wieviel kostet das zum Bahnhof/Flughafen?

到火車站／機場要多少錢？

- Zum City Hotel, bitte.

請您到城市酒店。

- Fahren Sie bitte zu dieser Adresse.

請您到這個地址。

- Da vorne bitte nach links/rechts.

前面請您往左／右轉。

- An der nächsten Kreuzung nach links/rechts.

下一個十字路口往左／右轉。

- An der Ampel dort nach links/rechts.

在那邊的紅綠燈往左／右轉。

- Geradeaus.

直走。

- Können Sie (noch) etwas langsamer fahren?

您可以開（再）慢一點嗎？

- Ich muss zu Terminal 1.

我得走到第一航廈。

- Halten Sie bitte bei Terminal 1.

請您留在第一航廈。

- Halten Sie hier, bitte.

請您留在這裡。

- Können Sie hier einen Moment warten?

您可以在這裡稍等一下嗎？

- Ich komme gleich zurück.

我馬上就回來了。

- Das ist nicht der Ort, zu dem ich möchte.

這不是我要去的地方。

- Das ist der falsche Ort.

這是不對的地方。

- Wieviel kostet das?

多少錢？

▶ Was kostet das?

多少錢？

▶ Das stimmt so.

這樣就好了。

▶ Behalten Sie den Rest.

剩下的錢給您當小費。（不用找了。）

▶ Der Rest ist für Sie.

剩下的錢給您當小費。（不用找了。）

▶ Können Sie mir eine Quittung geben?

您可以給我一個收據嗎？

▶ Geben Sie mir bitte eine Quittung.

請您給我一個收據。

## Dialog 對話

▶ Können Sie mir ein Taxi zum Flughafen rufen?

您可以幫我叫到機場的計程車嗎？

▶ Aber sicher. Für wann?

當然。什麼時候？

▶ In 30 Minuten.

在30分鐘後。

▶ Kein Problem.

沒有問題。

▶ Vielen Dank.

謝謝。

▶ Ihr Taxi ist da.

您的計程車到了。

▶ Oh, vielen Dank.

喔，謝謝。

▶ Guten Tag, fahren Sie mich bitte zum Flughafen.

您好，請您開到機場。

▶ Sehr gern. Zu welchem Terminal?

樂意之至，請問到哪一個航廈？

▶ Terminal 2, bitte.

到第二航廈。

▶ Hier ist Terminal 2. Das macht 25.60 Euro.

這裡是第二航廈。總共是25.60歐元。

▶ Hier sind 30 Euro. Können Sie mir bitte eine Quittung geben?

這裡是30歐元。可以給我一個收據嗎？

▶ Ja, sicher. Hier sind 4.40 Euro zurück. Und hier Ihre Quittung.

當然，這裡是4.40塊歐元。這裡有您的收據。

▶ Oh, behalten Sie den Rest.

剩下的給您當小費。

▶ Vielen Dank. Auf Wiedersehen.

謝謝。再見

▶ Auf Wiedersehen.

再見。

## ■Auto mieten 租車

在德國開車必須遵守交通規則。在台灣很多人開玩笑地說：「交通規則是參考用的」。但在德國交通規則是一定要遵守的。比如：

1.斑馬線一定要遵行。在德國，行人在斑馬線要過馬路，駕駛一定要讓行人先過。

2.紅綠燈號誌一定要遵守。行人穿越馬路時，另一方的駕駛一定要讓行人先過，不能在行人行走時繼續開車。

3.一定要綁安全帶。不管坐前座還是後座都要綁上。（臺灣已於101年8月開始實行）

- Ich möchte ein Auto mieten.

  我想租車。

- Ich möchte ein Auto für zwei Tage mieten.

  我想租車兩天。

- Ich habe ein Auto reserviert.

  我預訂了一輛汽車。

- Ich habe schon von Taiwan aus reserviert.

  我已經從台灣訂過了。

- Ich habe ein Auto von Taiwan aus reserviert.

  我從台灣預訂了一輛車。

- Mein Name ist Jack Chen. Hier ist die (Reservierungs) Bestätigung.

  我叫Jack Chen.這是預約證明。

- Ich möchte ein kleines/großes Auto.

  我想要一輛小型／大型車。

- Ich möchte einen SUV/ein Cabriolet.

  我要一輛休旅車（SUV）／敞篷車。

- Ich möchte einen Automatik-Wagen.

  我想要一輛自排車。

▶ Ich möchte ein Auto mit Gangschaltung/Automatik.

我想要一輛自排車／手排車。

▶ Hier ist mein Führerschein.

這是我的駕照。

▶ Wieviel kostet die Miete für einen Tag?

一天租金多少？

▶ Haben Sie eine Preisliste?

您有沒有價目表？

▶ Können Sie mir Ihre Preisliste/Autoliste zeigen?

您可以給我看價目表／汽車型錄嗎？

▶ Wir fahren zu zweit.

我們是兩個人駕駛的。

▶ Wir möchten nach München. Können wir das Auto dort zurückgeben?

我們要到慕尼黑。我們可以在那邊還車嗎？

▶ Ist eine Versicherung im Preis eingeschlossen?

價格有包括保險嗎？

▶ Ich möchte eine Versicherung abschließen.

我要投保。

▶ Ich möchte eine Vollkaskoversicherung abschließen.

我要加入全險。

▶ Gibt es hier eine Tankstelle?

這裡有加油站嗎？

▶ Wo ist die Tankstelle?

加油站在哪裡？

▶ Können wir das Auto (jetzt) sehen?

我們（現在）可以看車嗎？

- Hier ist ein Kratzer.
  這裡有個刮痕。
- Hier ist eine Beule.
  這裡有個凹痕。
- Das Licht ist kaputt.
  車燈壞掉了。
- Müssen wir das Auto vollgetankt zurückgeben?
  還車前需不需要加滿？
- Haben Sie eine Straßenkarte?
  您有公路圖嗎？
- Ich möchte auch noch eine Straßenkarte.
  我還要一個街道圖。
- Wie komme ich von hier zur Autobahn?
  從這裡怎麼到高速公路？
- Entschuldigung, führt diese Straße nach Hannover?
  請問，這條路會到漢諾威嗎？
- Darf ich hier parken?
  我可以在這裡停車嗎？
- Wo ist der nächste Parkplatz?
  最近的停車場在哪裡？
- Hier ist Parken verboten.
  這裡不能停車。
- Das ist eine Einbahnstraße.
  這是一條單行道。
- Biegen Sie da vorne links/rechts ab.
  前面往左／右轉。

- Hier muss man Vorfahrt gewähren.
  在這裡必須讓路。
- Ich habe mich verfahren.
  我迷路了。
- Können Sie mir sagen, wo das Hotel Astoria liegt?
  您可以告訴我阿斯托利亞飯店在哪裡嗎？
- Wie weit ist es noch bis nach Oberammergau?
  到上阿瑪高還有多遠？
- Entschuldigung, ich habe ein Problem.
  不好意思，我有一個問題。
- Ich hatte einen Unfall.
  我發生一個意外。
- Ich hatte einen Autounfall.
  我發生一個車禍。
- Ich habe eine Reifenpanne.
  我有一個輪胎故障。
- Können Sie mir helfen?
  您可以幫我嗎？
- Mein Wagen springt nicht an.
  我的車無法發動。
- Der Wagen ist kaputt.
  汽車壞掉了。
- Mein Wagen hat eine Panne.
  我的車壞了。
- Ich habe eine Panne.
  我的車壞了。

- Können Sie mich anschieben?

您可以幫我推車嗎？

- Können Sie mich abschleppen?

您可以幫我拖車嗎？

- Wie weit ist es bis zur nächsten Werkstatt?

到最近的修車廠有多遠？

- Können Sie mich zur nächsten Werkstatt bringen?

您可以帶我到最近的修車廠嗎？

- Reparieren Sie Autos?

您要修車嗎？

- Ich muss tanken.

我要加油。

- Was muss ich tanken?

我應該加什麼油？

- Ich brauche Wasser/Öl.

我需要水／汽油。

- Ich glaube, die Bremsen sind defekt.

我覺得煞車壞掉了。

## Dialog 對話

- Guten Tag. Was kann ich für Sie tun?

您好，我可以幫您什麼忙？

- Ich habe einen Wagen reserviert. Mein Name ist Jack Chen.

我預訂了一輛車。我叫Jack Chen。

- Ah, hier. Sie haben einen Mittelklassewagen bestellt?

啊，在這裡。您訂了一輛小轎車？

- Ja, richtig.

對，沒錯。

- Gut, wir haben zwei Modelle zur Auswahl. Einen Mercedes und einen BMW.

好，我們有兩款車型可以選擇。一款是Mercedes還有一款是BMW。

- Ich möchte gern den BMW.

我想要這輛BMW。

- Gut. Und Sie wollen den Wagen für fünf Tage mieten?

好。您要租車五天嗎？

- Ja, richtig. Wir möchten nach München fahren. Können wir den Wagen dort zurückgeben?

沒錯。我們要到慕尼黑。我們可以在那邊還車嗎？

- Ja, sicher. Wir haben auch dort eine Niederlassung. Ich gebe Ihnen die Adresse zusammen mit den Papieren. Haben Sie einen internationalen Führerschein?

當然可以，我們在那邊也有分公司。地址我會跟證件一起給您。您有國際駕照嗎？

- Ja, hier bitte.

有，給您。

- Danke schön. Dürfte ich auch Ihre Kreditkarte haben?

謝謝。可以給我您的信用卡嗎？

- Hier, bitte.

在這裡。

▸ Dann hätte ich gern hier eine Unterschrift. Vielen Dank. Und dann sind hier die Schlüssel und die Papiere.

請您在這裡簽名，謝謝。這裡是鑰匙跟證件。

▸ Vielen Dank. Kann ich den Wagen sehen?

謝謝。我可以看車嗎？

▸ Ja, sicher. Ich bringe Sie zum Parkplatz.

當然。我帶您去停車場。

▸ Das ist Ihr Wagen.

這是您的汽車。

▸ Ich glaube, hier ist ein Kratzer.

我想這裡有一個刮痕。

▸ OK, den Kratzer habe ich notiert.

OK，我記下了這個刮痕。

▸ Sonst ist alles in Ordnung.

除此之外，都沒有問題。

▸ Gut, dann wünsche ich Ihnen eine gute Fahrt.

好。那祝您一路順風。

## ■Vokabeln 生詞

| | |
|---|---|
| Abendessen, das | 晚餐 |
| Abflughalle, die | 候機大廳 |
| abholen | 接 |
| abschleppen | 拖車 |
| abschließen | 鎖；鎖住 |

| | |
|---|---|
| Abteil, das | 車廂 |
| Adresse, die | 地址 |
| Ampel, die | 紅綠燈 |
| anschieben | 手推車 |
| Anschlussflug, der | 轉機 |
| Anschlusszug, der | 轉車 |
| auch | 也是 |
| aufbewahren | 保管 |
| Aufenthalt, der | 停留；逗留 |
| aufmachen | 打開 |
| Ausfahrt, die | 出口 |
| aussteigen | 下車 |
| Auto, das | 汽車 |
| Autobahn, die | 高速公路 |
| Autoliste, die | 汽車型錄 |
| Automatik, die | 自排汽車 |
| Automatik-Wagen, der | 自排汽車 |
| Autounfall, der | 車禍 |
| Bahnhof, der | 火車站 |
| Becher, der | 杯子 |
| behalten | 保留 |
| bekommen | 受到；得到 |
| benutzen | 使用 |

| | |
|---|---|
| Benzin, das | 汽油 |
| Beruf, der | 工作；行業；職業 |
| beruflich | 業務的；職業的 |
| Berufsreise, die | 出差 |
| bestätigen | 確認 |
| bestellen | 點（東西） |
| Beule, die | 凹痕 |
| bezahlen | 付錢 |
| Bier, das | 啤酒 |
| bis | 直到 |
| bitte | 請 |
| bleiben | 停留；留下 |
| brauchen | 需要 |
| Bremse, die | 煞車 |
| bremsen | 煞車 |
| bringen | 攜帶 |
| Brücke, die | 橋 |
| Bus, der | 公共汽車；巴士 |
| Busfahrkarte, die | 公車票 |
| Bushaltestelle, die | 公車站 |
| Bußgeld, das | 罰金 |
| danke | 謝謝 |
| dauern, es dauert | 歷時 |

| | |
|---|---|
| Decke, die | 毛毯 |
| Deutsch | 德文 |
| Diesel, das | 柴油 |
| direkt | 直接 |
| dort | 那邊 |
| durch | 經過；通過 |
| Einbahnstraße, die | 單行道 |
| einchecken | 登機；報到（飛機、飯店） |
| einfach | 單程；單純的 |
| Einfahrt, die | 入口 |
| eingeschlossen | 包括 |
| einmal | 一次 |
| Entschuldigung, die | 道歉；原諒 |
| Entschuldigung | 不好意思；對不起 |
| erreichen | 到達 |
| essen | 吃 |
| Essen, das | 餐；菜 |
| etwas | 一點點；一些 |
| Euro, der | 歐元 |
| Fähre, die | 渡輪 |
| fahren | 開（車）；騎（腳踏車） |
| Fahrkarte, die | 車票 |

| | |
|---|---|
| Fahrkartenautomat, der | 售票機 |
| Fahrplan, der | 時刻表 |
| Fahrt, die | 行程；班車 |
| falsch | 錯；不對 |
| Fenster, das | 窗戶 |
| Fensterplatz, der | 靠窗座位 |
| Fernbedienung, die | 遙控器 |
| fertig | 好了；準備好的；完成的；完畢的 |
| finden | 找到 |
| Flasche, die | 瓶（量詞） |
| fliegen | 飛 |
| Flug, der | 航程 |
| Flughafen, der | 機場 |
| Flugsteig, der | 登機門 |
| Flugzeug, das | 飛機 |
| frei | 自由的；未被佔用的 |
| früh | 早的 |
| Frühstück, das | 早餐 |
| fühlen | 感覺 |
| Führerschein, der | 駕照 |
| für | 對於 |
| Gangplatz, der | 靠走廊座位 |

| | |
|---|---|
| Gangschaltung, die | 手排汽車 |
| ganz | 全部 |
| geben | 給 |
| gegen | 反對；對抗 |
| gegenüber | 對面 |
| gehen | 去；走路 |
| genau | 準確；對啦！ |
| Gepäck, das | 行李 |
| Gepäckablage, die | 行李架 |
| Gepäckausgabe, die | 行李領取處 |
| Gepäckband, das | 行李輸送帶 |
| Gepäckfach, das | 行李廂 |
| Gepäckstück, das | 單件行李 |
| geradeaus | 一直 |
| gern | 喜歡地 |
| Getränk, das | 飲料 |
| glauben | 相信；覺得 |
| gleich | 一樣 |
| Gleis, das | 月台 |
| groß | 大的；高的 |
| gut | 好的 |
| haben | 擁有 |
| halten | 拿取 |

| | |
|---|---|
| helfen | 幫忙 |
| hier | 這裡 |
| hierhin | 到這裡 |
| hoch | 高的 |
| Hotel, das | 飯店 |
| Hühnchen, das | 雞肉；小雞 |
| Internet, das | 網路 |
| Ja | 是 |
| jetzt | 現在 |
| Kaffee, der | 咖啡 |
| kaputt | 壞掉的 |
| kaufen | 買 |
| kein | 無；沒有 |
| Klasse, die | 高級；經濟艙；學校班級 |
| klein | 小的；矮的 |
| Koffer, der | 行李箱 |
| Kofferanhänger, der | 行李箱標籤 |
| kommen | 來 |
| können | 會；可以；能 |
| Kopfhörer, der | 耳機 |
| Kopfkissen, das | 枕頭 |
| Kopfschmerzen, die | 頭痛 |
| kosten, kostet | 價格為… |

| Kratzer, der | 刮傷 |
|---|---|
| Kreditkarte, die | 信用卡 |
| Kreuzung, die | 十字路口 |
| lange | 久的 |
| langsam | 慢的 |
| lassen | 讓；給 |
| legen | 放 |
| letzte | 最後 |
| Licht, das | 燈 |
| liegen, liegt | 躺；處在 |
| links | 左邊 |
| Luftkrankheit, die | 暈機 |
| Magazin, das | 雜誌 |
| Mal, das | 次數 |
| man | 人們；別人；有人 |
| Mantel, der | 外套 |
| Maschine, die | 機器；飛機 |
| Medikament, das | 藥 |
| mehr | 比較多 |
| Miete, die | 房租 |
| mieten | 租借 |
| Minute, die | 分鐘 |
| mit | 跟；和 |

| | |
|---|---|
| Mittagessen, das | 午餐 |
| möchten | 想要 |
| Moment, der | 一會兒 |
| morgen | 明天 |
| Morgen, der | 早上 |
| Museum, das | 博物館 |
| müssen | 需要；必須 |
| nach | 在…以後 |
| nächste | 下一個；最近的 |
| Name, der | 名字 |
| nehmen | 拿取 |
| nein | 不；不對；不是 |
| Netzplan, der | 路線圖 |
| neu | 新的 |
| nicht | 不；無；非；未 |
| Nichtraucher, der | 不抽菸者 |
| noch | 還有 |
| Nummer, die (Nr.) | 號碼 |
| Ort, der | 地方；地點 |
| packen | 打包 |
| Panne, die | 故障 |
| parken | 停車 |
| Parkplatz,der | 停車場；停車位 |

| | |
|---|---|
| planmäßig | 有計劃的；預期的 |
| Platz, der | 位子 |
| Preis, der | 價格 |
| Preisliste, die | 價格表 |
| privat | 個人的；私人的；非出公差的 |
| Problem, das | 問題 |
| pünktlich | 準時的 |
| Quittung, die | 收據 |
| Rastplatz, der | 休息站 |
| Raucher, der | 抽菸者 |
| rechts | 右邊 |
| Reifenpanne, die | 輪胎故障 |
| Reihe, die | 行列；排 |
| Reisepass, der | 護照 |
| reparieren | 修理 |
| reservieren | 預訂 |
| Reservierungsnummer, die | 訂位代號 |
| Rest, der | 剩餘 |
| richtig | 對的；正確的 |
| Rückfahrkarte, die | 回程票 |
| Rückfahrt, die | 回程 |
| Rucksack, der | 背包 |

| | |
|---|---|
| Sackgasse, die | 盡頭；死巷子 |
| sagen | 講；說 |
| Schalter, der | 櫃檯 |
| Schloss, das | 鎖；城堡；皇宮 |
| schon | 已經 |
| schwer | 難的；重的 |
| sehen | 看 |
| sehr | 很 |
| setzen | 坐下 |
| sicher | 安全的 |
| Sitz, der | 座位；位子 |
| sitzen | 坐 |
| Snack, der | 點心 |
| spät | 晚的 |
| Stange, die | 棍子；桿；條 |
| stehen | 站立 |
| Straße, die | 路；街道 |
| Straßenkarte, die | 路線圖 |
| Stunde, die | 小時；鐘頭 |
| suchen | 尋找 |
| Super, das | 高級汽油 |
| Tag, der | 天；日 |
| Tageskarte, die | 一日票 |

| | |
|---|---|
| tanken | 加油 |
| Tankstelle, die | 加油站 |
| Tasche, die | 包包 |
| Taxi, das | 計程車 |
| Taxistand, der | 計程車站 |
| Teil, das | 零件 |
| Teil, der | 片段；部分 |
| Terminal, das | 航廈 |
| Tor, das | 大門；城門 |
| Übergepäck, das | 超重行李 |
| Uhr, die | 時鐘；鐘點；小時 |
| Uhrzeit, die | 時間；點鐘 |
| umbuchen | 換票 |
| Umbuchung, die | 換票 |
| umsteigen | 轉車；轉機 |
| und | 與；和 |
| Unfall, der | 意外；車禍 |
| Urlaub, der | 休假；假期 |
| Urlaubsreise, die | 旅遊 |
| verbieten | 禁止 |
| verboten | 禁止 |
| verfahren | 迷路（開車、騎腳踏車） |
| verlaufen | 迷路（走路） |

| | |
|---|---|
| verlieren | 丟失 |
| Versicherung, die | 保險 |
| Verspätung, die | 誤點；遲到 |
| verzollen | 報關 |
| voll | 充滿的；滿的；飽滿的 |
| Vollkaskoversicherung, die | 全險 |
| Vorfahrt, die | 優先行駛權 |
| vorne | 前面 |
| Wagen, der | 車子 |
| wann | 什麼時候 |
| warten | 等待 |
| was | 什麼 |
| Wasser, das | 水 |
| wechseln | 兌換 |
| wecken | 叫醒 |
| weit | 遠的 |
| wenig | 少的 |
| wenn | 如果 |
| Werkstatt, die | 修車廠 |
| Whisky, der | 威士忌 |
| wie | 怎麼？怎麼樣？如何？比如 |
| wieviel | 多少？ |

| | |
|---|---|
| wo | 哪裡？ |
| zeigen | 表示；指 |
| Zeitung, die | 報紙 |
| Zigarette, die | 菸 |
| Zoll, der | 海關 |
| Zug, der | 火車 |
| zumachen | 關掉 |
| zurück | 回來 |
| zurückgeben | 還回 |
| zurückstellen | 把某物放回 |
| zusammensitzen | 一起坐 |
| Zwischenaufenthalt, der | 中途停留 |

Note
筆記

# Übernachten/Unterkunft 過夜；住宿

德國人不常使用信用卡，但比較大的百貨公司或飯店還是會接受信用卡消費。不過，很多餐廳和超市都不太接受信用卡消費。

台灣的第一樓在德國稱為「Erdgeschoss」（底層），台灣的第二樓在德國才被稱為一樓。

## ■Im Hotel 飯店

臺灣飯店的價格一般來說是按照房間計算。一間房間新台幣2000元，不管幾個人住。德國飯店的價格一般來說是按照人數計算。不過，平常時段兩個人的價格比一個人的價格划算。比如說，一個人一天要付70歐元。可是兩個人一天只要付130歐元。

德國飯店都有提供早餐。傳統的早餐包括兩／三種麵包或小麵包，以及兩／三種果醬、巧克力醬、起士、冷香腸，還有飲料，是咖啡、紅茶以及牛奶等。

現在很多飯店也有提供熱的食物（比如荷包蛋、香腸）以及什錦麥片和果汁。

- Ich möchte ein Zimmer für zwei Nächte.
  我想要一間房間，住兩晚。
- Ich möchte ein Zimmer für zwei Personen.
  我想要一間雙人房。
- Ich möchte ein Zimmer mit Bad
  我想一間有衛浴設備的房間。
- Ich habe eine Reservierung.
  我已經預訂房間了。
- Ich habe ein Doppelzimmer reserviert.
  我訂了一間雙人房。

## Übernachten/Unterkunft
## 過夜；住宿

- Mein Name ist Chen.

我姓陳。

- Hat das Zimmer eine Badewanne?

房間有浴缸嗎？

- Wieviel kostet eine Nacht?

一個晚上多少錢？

- Wieviel kostet das Zimmer?

這個房間多少錢？

- Haben Sie ein Zimmer mit Dusche?

您有提供包含淋浴設備的房間嗎？

- Ist Frühstück eingeschlossen?

有包含早餐嗎？

- Wo gibt es das Frühstück?

早餐在哪裡？

- Um wieviel Uhr gibt es Frühstück?

幾點鐘開始提供早餐？

- Von wann bis wann kann man frühstücken?

從幾點到幾點可以用早餐？

- Wo ist der Frühstücksraum?

早餐餐廳在哪裡？

- Ist der Preis inklusive Frühstück?

價格有包含早餐嗎？

- Ist das Frühstück im Preis eingeschlossen?

價格有包含早餐嗎？

- Ich möchte zwei Tage bleiben

我想待兩天。

# Übernachten/Unterkunft
# 過夜；住宿

- Ich möchte bis Donnerstag bleiben.

  我想待到禮拜四。
- Ich möchte ein Zimmer mit Internetanschluss

  我想要一間有網路的房間。
- Haben Sie noch ein Zimmer für heute Nacht frei?

  您今天晚上還有房間嗎？
- Bieten Sie auch Abendessen an?

  你們也提供晚餐嗎？
- Ich möchte ein Zimmer reservieren.

  我想訂一間房間。
- Ich möchte ein Zimmer für zwei Tage.

  我想要可住兩天的住房。
- Ich möchte vom 3. August bis zum 6 August bleiben.

  我要從八月三號待到八月六號。
- Wann kann ich einchecken?

  我什麼時候可以辦理入住？
- Ich habe noch Gepäck im Auto/Taxi.

  我還有行李在汽車／計程車裡。
- Können Sie mein Gepäck aus dem Kofferraum holen?

  您可以幫我把我的行李從行李車廂裡拿出來嗎？
- Können Sie unser Gepäck in unser Zimmer bringen?

  您可以把我們的行李提到我們房間嗎？
- Wann müssen wir auschecken?

  我們什麼時候需要辦理退房？
- Können wir nach dem auschecken unser Gepäck hier stehen lassen?

  辦理退房之後可以把我們行李放在這裡嗎？

- Der Fehrnseher/Kühlschrank funktioniert nicht.

電視／冰箱壞掉了。

- Die Klimaanlage/Heizung funktioniert nicht.

冷氣／暖氣壞掉了。

- Entschuldigung, ich kann die Tür nicht öffnen.

我無法開門。

- Entschuldigung, ich kann mein Zimmertür nicht öffnen.

我打不開我房間的門。

- Der Schlüssel passt nicht.

不是這把鑰匙。

- Mein Zimmer ist noch nicht aufgeräumt.

我的房間還沒整理好。

- Das Licht im Zimmer/WC geht nicht.

房間／廁所的燈不能使用。

- Die Toilette ist verstopft.

馬桶堵塞了。

- Können Sie mir bitte ein anderes Zimmer geben?

您可以給我另外一個房間嗎？

- Können Sie mir noch eine Bettdecke geben?

您可以再給我一床棉被嗎？

- Wir haben kein warmes/kaltes Wasser.

我們沒有熱／冷水。

- Kann ich von meinem Zimmer aus nach Taiwan telefonieren?

我可以從我房間打電話到台灣嗎？

- Welche Nummer muss ich zuerst wählen, wenn ich telefonieren möchte?

要打電話前需要先撥哪一個號碼？

- Kennen Sie die Vorwahl von Taiwan?

您知道台灣的代碼嗎？

- Ich reise morgen früh ab.

我明天早上就要離開了。

- Ich möchte jetzt bezahlen.

我現在要結帳。

- Können wir unser Gepäck nach dem Auschecken noch ein paar Stunden hier lassen?

辦理退房之後可以把我們的行李放在這裡幾個小時嗎？

- Ich möchte auschecken.

我要辦理退房。

- Könnte ich die Rechnung haben?

我可以買單了嗎？

- Ich habe nichts aus der Minibar genommen.

我沒有從迷你冰箱裡拿出東西來。

- Ich habe zwei Wasser aus der Minibar genommen.

我有從迷你冰箱裡拿出兩瓶水來。

- Wir haben das Telefon nicht benutzt.

我們沒有使用電話。

- Haben Sie einen Busservice zum Flughafen?

您有到機場的巴士接駁服務嗎？

- Wo hält der Bus zum Flughafen?

到機場的巴士停在哪裡？

▸ Wann fährt der nächste Bus?

下一班公車什麼時候出發？

▸ Wie lange dauert es zum Flughafen?

到機場需要多久時間？

▸ Wie oft fährt der Bus?

公車多久一班？

▸ Kann ich mit Kreditkarte bezahlen?

我可以刷卡嗎？

▸ Ich möchte bar bezahlen

我要付現金。

▸ Ich möchte mit Kreditkarte bezahlen

我要刷卡付費。

▸ Kann ich mein Gepäck hier stehen lassen?

我可以把行李放在這裡嗎？

▸ Können Sie unser Gepäck bis 17 Uhr aufbewahren?

您可以保管我的行李到下午五點嗎？

▸ Ich komme um 17 Uhr wieder

我下午五點鐘再回來。

▸ Ich möchte mein Gepäck abholen.

我要拿我的行李。

▸ Ich habe etwas im Zimmer vergessen.

我有東西忘在房間裡了。

# Übernachten/Unterkunft
# 過夜；住宿

## Dialog 對話

### 入住

- Guten Tag, was kann ich für Sie tun?

  您好。有什麼事情可以幫您？

- Ich habe ein Zimmer reserviert. Mein Name ist Chen.

  我訂了一個房間。我姓陳。

- Ah, ja richtig. Wie lange möchten Sie bleiben?

  沒錯。您要待多久？

- Ich möchte zwei Tage bleiben.

  我要待兩天。

- Gut, darf ich dann Ihren Reisepass sehen?

  好，我可以看您的護照嗎？

- Bitte schön, hier mein Reisepass.

  給您，我的護照。

- Vielen Dank. Hier ist Ihr Zimmerschlüssel. Ihr Zimmer ist 205

  謝謝，這是您房間的鑰匙。您房間是205號。

- Vielen Dank. Entschuldigung, wann gibt es Frühstück?

  謝謝。請問，什麼時候供應早餐？

- Von 6:30 Uhr bis 9:30 Uhr. Frühstück gibt es im dritten Stock.

  從六點半到九點半，早餐在三樓供應。

### 退房

- Guten Tag, wir möchten auschecken.

  您好，我們要辦理退房。

▶ Sehr gern. Ich mache die Rechnung fertig. Haben Sie etwas aus der Minibar genommen?

好的。我準備結帳。您有從冰箱拿出東西來嗎？

▶ Ja, ein Wasser und ein Bier.

有，一杯水和一瓶啤酒。

▶ Gut, einen Augenblick. Dann ist hier Ihre Rechnung. Bezahlen Sie bar oder mit Kreditkarte?

好的。稍等一下。那這裡是您的帳單。您要付現還是刷卡？

▶ Kann ich mit Kreditkarte bezahlen?

可以刷卡嗎？

▶ Aber sicher.

當然可以。

▶ Hier meine Kreditkarte.

這是我的信用卡。

▶ Dann hätte ich gerne eine Unterschrift. ... Vielen Dank. Und hier der Beleg.

請您在這裡簽名。…謝謝。這是收據。

▶ Können wir unser Gepäck bis 17 Uhr hier lassen?

我們可以將我們的行李放在這裡到下午五點嗎？

▶ Ja, gern. Wir stellen Ihr Gepäck in diesen Raum. Hier ist Ihre Nummer.

可以，非常樂意。我們把你們的行李放在這個房間。這裡是您的號碼。

▶ Vielen Dank. Auf Wiedersehen.

謝謝。再見。

# Übernachten/Unterkunft 過夜；住宿

## ■ In der Jugendherberge 青年旅館

一般來說，現在德國的青年旅館成年人也可以入住，而且比一般的飯店便宜多了。價格是25歐元（一個人、一天、3餐）。

青年旅館一般來說比較單純，但有些也很有趣、很漂亮，比如說在城堡裡面的青年旅館。

可是大部分的青年旅館要求辦理會員，但你可以申請國際青年旅舍卡。這裡是台灣的網站：

http://www.yh.org.tw/index.asp

你可以透過這個網站查詢國際青年旅館的資料：http://www.hihostels.com/web/index.en.htm

- Haben Sie noch ein Zimmer frei?

  您還有房間嗎？

- Haben Sie noch ein Bett frei?

  您還有床位嗎？

- Kann ich hier auch als Erwachsener übernachten ?

  我是成年人，也可以在這裡過夜嗎？

- Wieviele Betten hat das Zimmer?

  房間裡有幾張床？

- Wieviele Betten hat der Schlafsaal?

  通舖裡有幾張床？

- Sind die Zimmer nach Geschlechtern getrennt?

  房間是按照性別分配的嗎？

- Wieviel kostet das Zimmer?

  房間多少錢？

▸ Wieviel kostet eine Nacht im Schlafsaal?

住通鋪一個晚上多少錢？

▸ Ist Frühstück enthalten?

有包括早餐嗎？

▸ Wieviel kostet eine Nacht mit Mittagessen und Abendessen?

一個晚上包括午餐和晚餐在內多少錢？

▸ Ich möchte im Schlafsaal wohnen.

我想住通鋪。

▸ Gut, dann bleibe ich hier.

好，那我就在這裡留下來。

▸ Ich möchte bis morgen bleiben.

我要待到明天。

▸ Ich möchte drei Tage bleiben.

我要待三天。

▸ Wann wird die Eingangstür abgeschlossen?

什麼時候關閉大門？

▸ Haben Sie Schließfächer?

您有提供置物櫃嗎？

▸ Können Sie meine Wertsachen aufbewahren?

可以麻煩您幫我保管貴重物品嗎？

▸ Wo ist der Frühstückssaal?

早餐餐廳在哪裡？

▸ Wo ist die Toilette?

廁所在哪裡？

▸ Wo ist die Dusche?

淋浴間在哪裡？

- Kann man hier Wäsche waschen?

  可以在這裡洗衣服嗎？

- Wo kann man hier Wäsche waschen?

  在哪裡可以洗衣服？

- Haben Sie eine Waschmaschine?

  您有提供洗衣機嗎？

- Können Sie mir einen Föhn ausleihen?

  可以借我一支吹風機嗎？

- Wo darf ich hier rauchen?

  在哪裡可以抽菸？

- Darf man hier Alkohol trinken?

  這裡可以喝酒嗎？

- Entschuldigung, ich kann nicht einschlafen. Können Sie ein wenig leiser sein?

  不好意思，我睡不著。您可以小聲一點嗎？

- Ich möchte gern Fernsehen schauen.

  我想看電視。

- Gibt es hier einen Fernsehraum?

  這裡有電視廳嗎？

## Dialog 對話

- Guten Tag, kann ich Ihnen helfen?

  您好，我可以幫您嗎？

- Ja, ich brauche ein Bett.

  是的，我需要一個床位。

- Gerne, möchten Sie im Zimmer oder im Schlafsaal wohnen?

沒問題，您想要住房間還是通鋪？

- Wieviel kostet das?

多少錢？

- Das Bett im Zimmer kostet 25 Euro die Nacht, das Bett im Schlafsaal kostet 15 Euro die Nacht.

房間的床位是25歐元，通鋪的床位是15歐元。

- Dann möchte ich im Schlafsaal wohnen.

那我想住在通鋪。

- Gerne, und wie lange möchten Sie bleiben?

好的，您要待多久？

- Ich möchte zwei Tage bleiben.

我想待兩天。

- Gut, darf ich dann Ihren Reisepass sehen?

好的，可以給我看您的護照嗎？

- Hier, bitte schön.

給您。

- Danke. Hier ist der Schlüssel für die Haupttür und hier der Schlüssel zum Schlafsaal. Ihr Bett ist Nummer 25.

謝謝。這是大門鑰匙，而這是通鋪的鑰匙。您的床位是25號。

- Vielen Dank. Haben Sie auch Schließfächer?

謝謝。您有提供置物櫃嗎？

- Ja, im Schlafsaal, neben der Eingangstür.

有，在通鋪的門旁邊。

- Vielen Dank.

謝謝。

# Übernachten/Unterkunft 過夜；住宿

## ■Zelten 露營

露營在德國很受歡迎，到處都有露營區，花費也很便宜。大部分的露營區有提供洗澡間和廚房。一個人一晚差不多10歐元。

最好只在露營區露營。因為在德國，按照法律規定，只能在露營區裡露營。

但有一些地方例外。有時也可以詢問農夫，有的農夫願意讓人在他們的田地露營。有時候針對露營車也有特別規定，最保險的就是在露營區裡露營。

- Entschuldigung, gibt es hier einen Campingplatz?

  請問，這裡有露營區嗎？

- Kann man hier in der Nähe zelten?

  可以在這附近露營嗎？

- Wie komme ich zum Campingplatz?

  我要怎麼到露營區？

- Wo finde ich die Campingplatzverwaltung?

  在哪裡可以找到營地管理處？

- Haben Sie noch einen Platz frei?

  您還有空位嗎？

- Wir haben ein kleines/großes Zelt.

  我們有一個小／大帳篷。

- Haben Sie Duschen?

  您有提供洗澡間嗎？

- Hat der Platz fliessendes Wasser und Strom?

  有供應水跟電嗎？

- Haben Sie noch einen Platz für einen Wohnwagen?

  您還有露營停車位嗎？

- Wie weit ist der See?

  湖離這裡有多遠？

- Wir möchten einen Platz in der Nähe des Sees.

  我們要一個靠近湖的位子。

- Darf man im See schwimmen?

  可以在湖裡游泳嗎？

- Wieviel kostet ein Platz?

  一個位子多少錢？

- Wir haben einen Wohnwagen/Wohnmobil.

  我們有一輛露營車。

- Können wir einen Gaskocher/Gasbrenner mieten?

  我們可以租借一個露營用瓦斯爐嗎？

- Kann man hier einige Dinge kaufen?

  這裡有在賣東西嗎？

- Wir brauchen Toilettenpapier.

  我們需要衛生紙。

- Ich möchte Seife und Shampoo kaufen.

  我想買肥皂跟洗髮精。

- Darf man hier grillen?

  這裡可以烤肉嗎？

- Wo kann ich Kohle kaufen?

  在哪裡可以買木炭？

- Kann man sich hier einen Grill ausleihen?

  這裡可以租借烤肉架嗎？

# Übernachten/Unterkunft

# 過夜；住宿

## Dialog 對話

- Einen schönen guten Tag. Möchten Sie zelten?

  您好。您想露營嗎？

- Ja, wir hätten gerne einen Platz für ein Zelt.

  是的，我們想要一個可紮營的位子。

- Wie groß ist das Zelt?

  帳篷有多大？

- Das Zelt ist für zwei Personen.

  兩人住的帳篷。

- Ja, da haben wir noch was frei. Der Platz liegt nur 20 Meter vom See entfernt.

  沒問題，我們還有空位，離湖距離只有20公尺。

- Vielen Dank, den nehmen wir.

  謝謝，我們要那個位子。

- Wie lange möchten Sie bleiben?

  您要待多久？

- Wieviel kostet ein Tag?

  一天多少錢？

- Ein Tag für ein zwei-Mann-Zelt kostet 12.50 Euro.

  一天，兩人住的帳篷是12.50歐元。

- Gut, wir möchten gern drei Tage bleiben.

  好的，我們想待三天。

- Gut, das macht dann 37.50 Euro.

  好的，全部總共37.50歐元。

▸ Hier sind 40 Euro.

這是40歐元。

▸ Hier sind 2.50 Euro zurück.

找您2.50歐元。

▸ Danke. Entschuldigung. Kann man hier einige Dinge kaufen?

謝謝。請問，這裡可以買東西嗎？

▸ Ja, was möchten Sie denn?

可以，您想要什麼？

▸ Wir brauchen Seife und Shampoo.

我們需要肥皂跟洗髮精。

▸ Hier bitte schön. Ein Stück Seife und eine Flasche Shampoo. Das macht 4.99 Euro.

給您，一塊肥皂跟一瓶洗髮精，全部共計4.99歐元。

▸ Darf man hier grillen?

這裡可以烤肉嗎？

▸ Ja, Sie können an Ihrem eigenen Platz grillen oder auf dem öffentlichen Grillplatz.

可以。您可以在自己的位子上或在公共的烤肉區烤肉。

▸ Danke, wir haben unseren eigenen Grill. Aber wir brauchen noch Kohle und etwas Fleisch.

謝謝。我們有自己的烤肉架，可是我們還需要木炭跟一些肉。

▸ Kohle kann ich Ihnen verkaufen. Und der nächste Supermarkt ist etwa 10 Minuten von hier entfernt. Da können Sie etwas zum Grillen kaufen.

我可以賣木炭給您。最近的超市離這裡差不多10分鐘，在那邊您可以買到烤肉的東西。

▸ Sehr gut. Vielen Dank.

好的。謝謝。

▸ Ich danke auch. Dann wünsche ich Ihnen einen schönen Aufenthalt.

謝謝。祝玩得愉快！

## ■Vokabeln 生詞

| | |
|---|---|
| Abendessen, das | 晚餐 |
| aber | 可是；不過；但是 |
| abholen | 接；取 |
| abschließen | 鎖；鎖住 |
| Alkohol, der | 酒精；酒 |
| andere | 其他的；別的 |
| auch | 也是 |
| aufbewahren | 保管 |
| Aufenthalt, der | 停留；逗留 |
| aufräumen | 整理 |
| Augenblick, der | 一會兒 |
| auschecken | 結帳離開；辦理退房 |
| Auschecken, das | 結帳離開；辦理退房 |
| ausleihen | 借；借出 |
| Auto, das | 汽車 |
| Bad, das | 洗手間；浴室 |

| | |
|---|---|
| Badewanne, die | 浴缸 |
| bar | 現金 |
| benutzen | 使用 |
| Bett, das | 床 |
| Bettdecke, die | 棉被 |
| bezahlen | 付錢 |
| Bier, das | 啤酒 |
| bieten | 提供 |
| bis | 直到 |
| bitte | 請 |
| bleiben | 停留；留下 |
| brauchen | 需要 |
| bringen | 攜帶；運送 |
| Bus, der | 公共汽車；巴士 |
| Busservice, der | 巴士接送服務 |
| Campingplatz, der | 露營區 |
| Campingplatz, der | 露營區 |
| Campingplatzverwal-tung, die | 露營區管理 |
| danke | 謝謝 |
| dann | 後來；然後 |
| dauern, es dauert | 歷時 |
| denn | 因為 |

# Übernachten/Unterkunft
## 過夜；住宿

| | |
|---|---|
| Ding, das | 東西；物品 |
| Doppelzimmer, das | 雙人房 |
| dürfen | 可以；允許 |
| Dusche, die | 淋浴；洗澡間 |
| duschen | 洗澡；淋浴 |
| eigene | 自己的 |
| einchecken | 登機；報到（飛機、飯店） |
| Eingangstür, die | 入口 |
| eingeschlossen | 包括 |
| einige | 一些 |
| einschlafen | 睡著 |
| entfernen | 去除；排除 |
| enthalten | 包括 |
| Entschuldigung, die | 道歉；原諒 |
| "Entschuldigung" | 不好意思；對不起 |
| Erwachsene, der | 大人（男）；成年人 |
| Erwachsene, die | 大人（女）；成年人 |
| etwa | 差不多 |
| etwas | 一點點；一些 |
| Euro, der | 歐元 |
| fahren | 開（車）；騎（腳踏車） |
| Fehrnseher, der | 電視機 |

| | |
|---|---|
| Fernsehen, das | 電視機 |
| Fernsehraum, der | 電視間 |
| fertig | 準備好的；完成的 |
| finden | 找到 |
| Flasche, die | 瓶（量詞） |
| Fleisch, das | 肉 |
| fliessen | 流動 |
| Flughafen, der | 機場 |
| Föhn, der | 吹風機 |
| frei | 自由的；未被佔用的 |
| früh | 早的 |
| Frühstück, das | 早餐 |
| frühstücken | 吃早餐 |
| Frühstücksraum, der | 早餐餐廳 |
| Frühstückssaal, der | 早餐餐廳 |
| funktionieren | 運行；運作 |
| für | 對於 |
| Gasbrenner, der | 露營用瓦斯爐 |
| Gaskocher, der | 露營用瓦斯爐 |
| geben | 給予 |
| gehen | 去；走路 |
| Gepäck, das | 行李 |
| gern | 喜歡地 |

| | |
|---|---|
| Geschlecht, das | 性別 |
| Grill, der | 烤肉架 |
| grillen | 烤肉 |
| Grillplatz, der | 烤肉區 |
| groß | 大的；高的 |
| gut | 好的 |
| haben | 有 |
| halten | 拿取 |
| Handy, das | 手機 |
| Handynummer, die | 手機號碼 |
| Haupttür, die | 大門 |
| Heizung, die | 暖氣 |
| helfen | 幫忙 |
| heute | 今天 |
| hier | 這裡 |
| holen | 取來；拿取 |
| Hotel, das | 飯店 |
| inklusive | 包括 |
| Internetanschluss, der | 上網 |
| ja | 是 |
| jetzt | 現在 |
| Jugendherberge, die | 青年旅館 |
| kalt | 冷的 |

| | |
|---|---|
| kaufen | 買 |
| kein | 無；沒有 |
| klein | 小的；矮的 |
| Klimaanlage, die | 冷氣 |
| Kofferraum, der | 行李箱 |
| Kohle, die | 木炭 |
| kommen | 來 |
| können | 會；可以；能 |
| kosten, kostet | 價格為… |
| Kreditkarte, die | 信用卡 |
| Kühlschrank, der | 冰箱 |
| lange | 久的；慢的 |
| lassen | 讓；給 |
| leise | 小聲的 |
| Licht, das | 燈 |
| liegen, liegt | 躺；處在 |
| machen | 做；製作 |
| man | 人們；別人；有人 |
| Meter | 公尺 |
| mieten | 租借 |
| Minibar, die | 小冰箱 |
| Minute, die | 分鐘 |
| mit | 跟；和 |

# Übernachten/Unterkunft 過夜；住宿

| | |
|---|---|
| Mittagessen, das | 午餐 |
| Mobiltelefon, das | 手機 |
| möchten | 想要 |
| morgen | 明天 |
| müssen | 需要；必須 |
| nach | 在…以後 |
| nächste | 下一個；最近的 |
| Nacht, die | 夜 |
| Nähe, die | 附近；最近 |
| Name, der | 名字 |
| neben | 旁邊 |
| nehmen | 拿取 |
| nicht | 不；無；非；未 |
| nichts | 無；沒什麼 |
| noch | 還有 |
| Nummer, die (Nr.) | 號碼 |
| nur | 只有 |
| oder | 或是 |
| öffentlich | 公開的 |
| öffnen | 打開；開啓 |
| oft | 常常 |
| paar | 一些 |
| Person, die | 人 |

| | |
|---|---|
| Platz, der | 位子 |
| Preis, der | 價格 |
| rauchen | 抽菸 |
| Raum, der | 房間 |
| Rechnung, die | 帳單 |
| Reise, die | 旅遊 |
| reisen | 旅行 |
| Reisepass, der | 護照 |
| reservieren | 預訂 |
| Reservierung, die | 預訂 |
| richtig | 對的；正確的 |
| schauen | 觀看 |
| Schlafsaal, der | 通鋪 |
| Schließfach | 置物櫃 |
| Schlüssel, der | 鑰匙 |
| schön | 漂亮的 |
| schwimmen | 游泳 |
| See, der | 湖 |
| sehen | 看 |
| sehr | 很 |
| Seife, die | 肥皂 |
| Shampoo, das | 洗髮精 |
| sicher | 安全的 |

| | |
|---|---|
| spülen | 洗（碗、盤子） |
| Spülmaschine, die | 洗碗機 |
| stehen | 站；站立 |
| stellen | 置放；立 |
| Stock, der | 棍子；桿 |
| Strom, der | 電流；電力 |
| Stück, das | 塊（量詞）；個 |
| Stunde, die | 小時；鐘頭 |
| Supermarkt, der | 超市 |
| Tag, der | 天；日 |
| Taxi, das | 計程車 |
| Telefon, das | 電話 |
| Telefonnummer, die | 電話號碼 |
| Toilette, die | 馬桶；廁所 |
| Toilettenpapier, das | 衛生紙 |
| trinken | 喝 |
| tun | 做 |
| Tür, die | 門 |
| übernachten | 過夜 |
| Uhr, die | 時鐘 |
| Unterschrift, die | 簽名 |
| vergessen | 忘記 |
| verkaufen | 賣 |

| | |
|---|---|
| verstopfen | 阻塞 |
| viel | 多 |
| wann | 什麼時候？ |
| warm | 溫暖 |
| was | 什麼？ |
| Wäsche, die | 衣服 |
| waschen | 洗（衣服） |
| Waschmaschine, die | 洗衣機 |
| Wasser, das | 水 |
| WC, das | 馬桶；廁所 |
| weit | 遠的 |
| wenig | 少的 |
| Wertsachen | 貴重物品 |
| wie | 怎麼？怎麼樣？如何？比如 |
| wieder | 再；又 |
| Wiedersehen, das | 再見 |
| wieviel | 多少？ |
| wo | 在哪裡？ |
| wohnen | 居住 |
| Wohnmobil, das | 露營車 |
| Wohnwagen, der | 露營車 |
| wünschen | 希望；願望；願意 |
| Zelt, das | 帳篷 |

| | |
|---|---|
| zelten | 露營 |
| Zeltplatz, der | 露營區 |
| Zimmer, das | 房間 |
| Zimmerschlüssel, der | 房間鑰匙 |
| Zimmertür, die | 房間門 |
| zurück | 回去 |
| Zwischenaufenthalt, der | 中途停留 |

Note
筆記

# Essen/Verpflegung 食物；膳食

在德國的餐廳用餐比較貴，一般來說，最便宜的餐廳是義大利餐廳。根據用餐地區披薩的價格從6歐元或7歐元起跳。當地德國餐廳比較貴，一個人大約要付20歐元左右。因此很多人覺得去德國旅行很貴，尤其是吃飯。如果怕花太多錢，還是有很多吃飯時可以省錢的方法。

德國飯店提供豐富的早餐，所以早餐可以多吃一點。

超級市場可以買到麵包、飲料以及很多種泡麵（有義大利麵，也有臺灣泡麵），可以省下不少錢。德國超市的價格在西歐算是很便宜，很多商品跟台灣超市的價格差不多。

德國有很多傳統小吃店賣德國香腸、薯條、烤雞。可是現在這些商品也有很多從國外進口—如義大利、土耳其、希臘等國家，也有從亞洲進口。只要5歐元左右就買得到。

基本上德國沒有類似臺灣的早餐店。但德國的麵包店有賣三明治（不是美式的三明治，而是德國的小麵包）。

## ■Im Restaurant 餐廳

在德國餐廳用餐通常不用等服務生給您帶位（除非是很高級的），您可以自己選位子。有時候服務生還是會請您坐他幫您安排的位子，可能因為桌位已有人預訂，或對他來說比較方便安排。

在德國餐廳用餐平常要給小費，但不用像美國餐廳給的那麼多，通常2、3歐元就夠了。如果帳單金額比較高，也可以多給一點。

▸ Können Sie mir ein gutes Restaurant empfehlen?

您可以推薦我一間好的餐廳嗎？

▸ Kennen Sie ein gutes Restaurant?

您知道哪裡有好的餐廳嗎？

- Wo gibt es ein chinesisches/indisches/italienisches/deutsches Restaurant?

哪裡有中國／印度／義大利／德國餐廳？

- Am besten ein Restaurant, in dem jemand Englisch/Chinesisch sprechen kann.

最好是一間可以提供英文／中文服務的餐廳。

- Bitte ein Restaurant in der Nähe.

請告訴我一間這附近的餐廳。

- Wir möchten gern die Spezialitäten dieser Region probieren.

我們想吃吃看這個地方的招牌菜。

- Kennen Sie ein Restaurant, das die Spezialitäten dieser Regionen serviert?

您知道有提供地方招牌菜的餐廳嗎？

- Ich suche ein kinderfreundliches Restaurant.

我在找一家適合攜帶兒童的餐廳。

- Ich suche ein gemütliches/ruhiges Restaurant.

我在找一間舒適／安靜的餐廳。

- Ich suche ein Restaurant, das nicht so teuer ist.

我在找一間平價的餐廳。

- Ist um diese Zeit noch ein Restaurant geöffnet?

這時還有餐廳營業嗎？

- Kennen Sie eine nette Kneipe in der Nähe?

您知道這附近的酒吧嗎？

- Ich möchte noch ein Bier trinken.

我還想喝一杯啤酒。

- Gibt es hier eine Kneipe, in der noch etwas los ist?

這裡有沒有熱鬧的酒吧？

▸ Können Sie mir die Adresse aufschreiben?

您可以幫我寫下地址嗎？

▸ Wie ist die Adresse?

地址是？

▸ Wie lautet die Adresse?

地址是？

▸ Ist das weit von hier?

離這裡很遠嗎？

▸ Wie komme ich zu dem Restaurant?

我要怎麼到那間餐廳？

▸ Kann ich dort zu Fuß hingehen?

走路可以走得到嗎？

▸ Kann ich den Bus zu dem Restaurant nehmen?

我可以坐公車到那間餐廳嗎？

▸ Können Sie mir ein Taxi rufen, das mich zum Restaurant bringt?

可以幫我叫輛計程車，帶我去那家餐廳嗎？

▸ Müssen wir da zuerst einen Tisch reservieren?

我們需要先訂位嗎？

▸ Muss man eine Krawatte tragen?

需要打領帶嗎？

▸ Gibt es dort eine Kleiderordnung?

那邊有穿衣規定嗎？

▸ Wann schließen Sie?

請問什麼時候休息？

▸ Haben Sie noch geöffnet?

請問還在營業嗎？

▸ Wie lange haben Sie geöffnet?

請問營業到什麼時候？

▸ Haben Sie noch einen Tisch frei?

請問還有空位嗎？

▸ Wann haben Sie einen Tisch frei?

請問什麼時候有空位？

▸ Ich möchte einen Tisch reservieren.

我想訂位。

▸ Einen Tisch für Nichtraucher/Raucher, bitte.

請給我們非吸菸區／吸菸區的位子。

▸ Guten Abend. Ich habe reserviert. Mein Name ist Chen.

晚安，我有訂位。我姓陳。

▸ Guten Abend. Ich habe einen Tisch für fünf Personen reserviert.

晚安，我有預訂五個人的位子。

▸ Wir sind eine Person weniger/mehr.

我們少／多了一個人。

▸ Eine Person kommt etwas später.

有一個人會晚一點到。

▸ Haben Sie einen Kinderstuhl?

您有兒童座椅嗎？

▸ Hier zieht es. Können Sie die Klimaanlage ausstellen?

這裡有風，您可以關掉冷氣嗎？

▸ Können Sie das Fenster schließen?

您可以關窗戶嗎？

# Essen/Verpflegung
# 食物；膳食

- Können Sie die Heizung höher stellen?

您可以把暖氣調高一點嗎？

- Akzeptieren Sie Kreditkarten?

您接受信用卡嗎？

- Kann ich mit Kreditkarte bezahlen?

我可以刷卡付錢嗎？

- Ich habe einen Coupon für Ihr Restaurant. Ist der gültig?

我有你們餐廳的折價券，還可以用嗎？

- Wie lange müssen wir (noch) warten?

我們（還）得等多久？

- Was möchten Sie trinken?

您想喝什麼？

- Was möchten Sie essen?

您想吃什麼？

- Könnte ich die Speisekarte haben?

請給我菜單。

- Können Sie mir Speisekarte geben?

您可以給我菜單嗎？

- Haben Sie eine englische Speisekarte?

您有提供英文的菜單嗎？

- Haben Sie eine Weinkarte?

您有提供酒單嗎？

- Ich bin Vegetarier.

我吃素的。

- Haben Sie vegetarische Gerichte?

您有提供素食嗎？

- Ich möchte bestellen.

我要點菜。

- Wir sind zwei Personen.

我們有兩位。

- Ich hätte gern ein Bier.

我想點一杯啤酒。

- Ich möchte die Nummer 64

我要64號餐。

- Ich möchte die Nummer 64, aber mit Reis.

我要64號餐，要加飯。

- Ich möchte die Nummer 64, aber mit Reis, anstelle von Kartoffeln.

我要64號餐，要加飯但不要馬鈴薯。

- Haben Sie Weißwein/Rotwein?

您有供應白酒／紅酒嗎？

- Was ist das?

這是什麼？

- Was für Vorspeisen haben Sie?

您有什麼開胃菜？

- Ich möchte eine Tomatensuppe.

我想要一份蕃茄湯。

- Ich möchte zuerst einen Tomatensalat.

我想要先點一份蕃茄沙拉。

- Haben Sie einen Kinderteller?

您有提供兒童餐嗎？

- Bringen Sie mir bitte das Gleiche.

請給我一份一樣的。

- Haben Sie Nachtisch?

您有提供飯後甜點嗎？

- Was für Nachtische haben Sie?

您有什麼飯後甜點嗎？

- Was ist die Spezialität des Hauses?

招牌菜是什麼？

- Was ist das Tagesessen heute?

今日特餐是什麼？

- Haben Sie Bier?

您有供應啤酒嗎？

- Welche Biersorten haben Sie?

您有哪種啤酒？

- Haben Sie Weizenbier?

您有提供小麥啤酒嗎？

- Haben Sie Malzbier?

您有提供黑麥汁嗎？

- Ich möchte eine Flasche Rotwein.

我要一瓶紅酒。

- Ich möchte ein Glas Rotwein/Weißwein.

我要一杯紅酒／白酒。

- Ich möchte ein Glas Bier.

我要一杯啤酒。

- Eine Tasse Kaffee, bitte.

一杯咖啡。

- Zuerst möchte ich ein Wasser.

我要先點一杯水。

▸ Haben Sie Wasser ohne Kohlensäure?

您有非氣泡類的水嗎？

▸ Ich möchte die Suppe zusammen mit der Hauptspeise.

我的湯要跟主菜一起上。

▸ Ich hätte gern ein alkoholfreies Bier.

我要一杯無酒精的啤酒。

▸ Noch ein Bier, bitte.

請再給我一杯啤酒。

▸ Ein großes/kleines Bier, bitte.

請給我一杯大／小杯啤酒。

▸ Was können Sie empfehlen?

您有什麼可以介紹／推薦？

▸ Können Sie mir etwas empfehlen?

您可以推薦給我一些東西嗎？

▸ Das nehme ich.

我要這個。

▸ Unsere Bestellung ist noch nicht da.

我們點的菜還沒有到。

▸ Es fehlt noch ein Gericht.

還少一道菜。

▸ Wir warten schon 30 Minuten.

我們已經等了30分鐘了。

▸ Das Schnitzel ist nicht ganz durch.

炸肉排沒有熟。

▸ Das Schnitzel ist noch kalt.

炸肉排還是冷的。

# Essen/Verpflegung 食物；膳食

- Bitte machen Sie es nochmal warm.

請您再加熱一下。

- Schmeckt es Ihnen?

您喜歡您的餐點嗎？

- Hat es Ihnen geschmeckt?

您喜歡您的餐點嗎？

- Vielen Dank, es hat sehr gut geschmeckt.

謝謝，很好吃。

- Ich möchte Salz/Pfeffer, bitte.

我要鹽／胡椒粉。

- Das habe ich nicht bestellt.

我沒有點這個。

- Könnte ich noch etwas Brot haben?

可以再給我多一點麵包嗎？

- Ich möchte noch etwas bestellen.

我還要再點一些東西。

- Bitte noch drei Bier und zwei Cola.

請再給我們三杯啤酒跟兩杯可樂。

- Könnten Sie mir noch ein Messer bringen?

您可以給我一把刀子嗎？

- Sie können abräumen.

您可以清理桌面。

- Können Sie abräumen?

您可以清理桌面嗎？

- Können Sie das zum Mitnehmen einpacken?

可以打包帶走嗎？

▸ Ich möchte noch einen Nachtisch.

我還要一份甜點。

▸ Was haben Sie als Nachtisch?

您有什麼甜點？

▸ Nein danke. Keinen Nachtisch mehr.

不，不用給點心了，謝謝。

▸ Könnten wir noch eine Tasse/ein Kännchen Kaffee/Tee bekommen?

可以再給我們一杯／一壺咖啡／茶嗎？

▸ Bitte noch eine Tasse/ein Kännchen Kaffee/Tee.

再給我們一杯／一壺咖啡／茶。

▸ Mit Milch und Zucker, bitte.

加鮮奶跟糖。

▸ Ohne Milch und Zucker, bitte.

不要鮮奶也不要糖。

▸ Haben Sie Kuchen?

您有蛋糕嗎？

▸ Was für Kuchen haben Sie?

您有什麼蛋糕？

▸ Ich möchte ein Stücke Kuchen.

我想要一塊蛋糕。

▸ Ich möchte bezahlen, bitte.

我要買單。

▸ Die Rechnung, bitte.

我要買單。

▸ Könnte ich die Rechnung haben?

請給我帳單。

- Wir bezahlen getrennt.

  我們要分開結帳。

- Können wir getrennt bezahlen?

  我們可以分開結帳嗎？

- Alles zusammen, bitte.

  一起算。

- Ich lade Sie ein.

  我請客。

- Ich möchte Sie einladen.

  我要請客。

- Der Rest ist für Sie.

  剩下的給您當小費。（給小費時用的說法）

## Dialog 對話 

- Guten Abend, was kann ich für Sie tun?

  晚安，我可以為您做什麼？

- Wir hätten gern einen Tisch für zwei Personen.

  我們想要一個兩人座。

- Bitte hier entlang. Bitte nehmen Sie Platz. Hier die Speisekarten.

  請跟我來。請坐，這裡有菜單。

- Vielen Dank! Können Sie uns etwas empfehlen?

  謝謝！您可以為我們推薦一些菜色嗎？

- Unser "Wiener Schnitzel" ist sehr bekannt hier.

  我們的「維也納炸肉排」很有名。

▸ Gut dann nehmen wir einmal das Wiener Schnitzel mit Pommes Frites und einmal die Rostbratwurst mit Kartoffelbrei und Salat.

好，那我們要一份維也納炸肉排搭配薯條，還有一份香腸搭配馬鈴薯泥跟沙拉。

▸ Sehr gern. Möchten Sie auch etwas trinken?

好的。你們需要飲料嗎？

▸ Ja, wir hätten gern ein Bier und eine Cola.

要，我們要一杯啤酒和一杯可樂。

▸ Sehr gern. Einen Augenblick.

我很樂意提供，請稍等一下。

▸ Hier zunächst Ihre Getränke. Das Bier und die Cola.

首先是您的飲料：啤酒跟可樂。

▸ Vielen Dank.

謝謝。

▸ Bitte sehr. Die Speisen kommen auch gleich.

不要客氣，菜也會馬上就送來。

▸ So, bitte schön. Das Wiener Schnitzel und die Rostbratwurst.

上菜了，維也納炸肉排跟香腸。

▸ Entschuldigung, aber ich hatte Kartoffelbrei zur Rostbratwurst bestellt, aber nicht die Bratkartoffeln.

不好意思，我點的是香腸加馬鈴薯泥，不是煎馬鈴薯。

▸ Oh, Sie haben Recht. Einen Augenblick, ich bringe Ihnen sofort den Kartoffelbrei. Entschuldigen Sie vielmals.

喔，您說的沒錯。請等一下，我馬上就給您馬鈴薯泥，真不好意思。

▸ Kein Problem. Vielen Dank.

沒有關係。謝謝

▸ So, hier ist der Kartoffelbrei.

這是馬鈴薯泥。

▸ Vielen Dank.

謝謝。

▸ Dann wünsche ich Ihnen guten Appetit.

請好好享用您的美食。

## ■Selber einkaufen/im Supermarkt 自己買／超級市場

在德國有很多超級市場，像台灣的家樂福和頂好。這裡有些不錯的超市：

Real
Aldi
Edeka
Rewe
Spar

這些超市都可買到很多食物。

▸ Gibt es hier einen Supermarkt in der Nähe?

這附近有超級市場嗎？

▸ Ich möchte einige Nahrungsmittel einkaufen.

我要買一些食物。

▸ Wo kann ich (billige) Nahrungsmittel einkaufen?

哪裡可以買到（便宜）的食物？

▸ Ich möchte etwas einkaufen.

我要買些東西。

▸ Ich muss einkaufen.

我需要買些東西。

▸ Ich muss Brot kaufen.

我需要買麵包。

▸ Wo kann ich Brot kaufen?

哪裡可以買到麵包？

▸ Haben Sie Milch?

您有沒有牛奶？

▸ Können Sie mir helfen?

您可以幫我嗎？

▸ Ich möchte Instantnudeln.

我想要泡麵。

▸ Haben Sie einen Einkaufskorb?

您有提供購物籃嗎？

▸ Entschuldigung, wo sind die Einkaufswagen?

您有提供購物車嗎？

▸ Brauche ich Geld für den Einkaufswagen?

使用購物車需要付費嗎？

▸ Ich suche Tofu.

我在找豆腐。

▸ Haben Sie Bier?

您有沒有賣啤酒？

▸ Ich möchte eine Flasche Rotwein/Weißwein.

我要一瓶紅酒／白酒。

# Essen/Verpflegung 食物；膳食

- Kann ich eine Tüte bekommen?
  可以給我一個袋子嗎？
- Ich möchte einen Kasten Bier/Cola.
  我要一箱啤酒／可樂。
- Wo kann ich Käse kaufen?
  哪裡可以買到乳酪？
- Gibt es hier eine Bäckerei?
  這裡有麵包店嗎？
- Ist das Brot im Angebot?
  麵包有打折嗎？
- Ich hätte gern zwei Brötchen.
  我想要兩個小麵包。
- Haben Sie Weißbrot?
  您有白麵包嗎？
- Wo ist die Fleischerei?
  肉舖在哪裡？
- Wo ist die Abteilung für Süßigkeiten?
  糖果區在哪裡？
- Wieviel Stück sind in einer Schachtel?
  一盒有幾塊？
- Können Sie das auch einzeln verkaufen?
  您也有零賣的嗎？
- Ich möchte zwei, bitte.
  我想要兩個。
- Können Sie mir drei Bratwürstchen geben?
  可以給我三個香腸嗎？

- Ich möchte gern 100 Gramm Salami.

  我想要100公克義大利蒜味香腸。

- Können Sie das bitte getrennt verpacken?

  可以分開包裝嗎？

- Was kosten 100 Gramm?

  100公克多少錢？

- 500 Gramm, bitte.

  500公克。

- Bis wann ist das haltbar?

  （使用）保存期限到什麼時候？

- Muss man das im Kühlschrank aufbewahren?

  需要放在冰箱嗎？

- Haben Sie Wein/Bier aus dieser Region?

  您有這個地方出產的葡萄酒／啤酒嗎？

- Ist dieses Bier aus dieser Region?

  這個啤酒是這個地方出產的啤酒嗎？

- Entschuldigung, wo ist die Kasse?

  請問收銀台在哪裡？

- Wieviel macht das zusammen?

  全部多少錢？

- Kann ich mit Kreditkarte bezahlen?

  可以刷卡嗎？

- Kann ich diesen Gutschein benutzen?

  可以使用這張折價券嗎？

- Ich glaube, die Rechnung ist nicht korrekt.

  我想這個帳單有誤。

▸ Könnte ich eine Tüte haben?

可以給我一個袋子嗎？

▸ Das Wechselgeld stimmt nicht.

零錢找錯了。

▸ Die Milch kostet nur 99 Cent.

牛奶只有0.99歐元。

## Dialog 對話 

▸ Entschuldigung, haben Sie Einkaufswagen?

請問，您有提供購物車嗎？

▸ Ja, dort um die Ecke.

有，在那個角落。

▸ Vielen Dank. Können Sie mir auch sagen, wo die Getränkeabteilung ist?

謝謝，您可以告訴我飲料區在哪裡？

▸ Bis ans Ende dieses Ganges und dann nach rechts.

這個走道走到底，然後往右轉。

▸ Gut, vielen Dank.

好，謝謝。

▸ Guten Tag, ich hätte gern drei Flaschen Bier, eine Flasche Cola und eine Flasche Fanta.

您好，我想要三瓶啤酒、一瓶可樂和一瓶芬達。

▸ Das Bier steht dort in der Reihe. Cola und Fanta stehen dahinter.

啤酒在那一排，可樂跟芬達在後方。

▸ Vielen Dank. Haben Sie auch Bier aus dieser Region?

謝謝。您有這個地方出產的啤酒嗎？

▸ Ja, wir hätten das Einbecker. Das steht hier.

有，我們有艾貝克啤酒，就在這裡。

▸ Vielen Dank. Können Sie mir noch sagen, wo ich Wurst finden kann?

謝謝，可以請您也告訴我香腸在哪裡嗎？

▸ Die Fleischerei ist dort links. Dort gibt es frische Wurst. Gleich daneben gibt es auch verpackte Wurst.

肉舖就在那裡左邊，在那邊有新鮮香腸，旁邊也有包裝好的香腸。

▸ Guten Tag, ich möchte gern 100 Gramm Salami und 100 Gramm Leberwurst.

您好，我想要100公克義大利蒜味香腸和100公克肝腸。

▸ Die Salami mit Pfefferkörnern oder ohne?

義大利蒜味香腸要有撒胡椒粒的，還是沒有胡椒粒的。

▸ Ohne, bitte

沒有的。

▸ Gut, und die Leberwurst? Möchten Sie feine oder grobe Leberwurst?

好，那肝腸呢？您想要細的還是粗的？

▸ Feine Leberwurst, bitte.

細的肝腸。

▸ Sehr gern. Hier, bitte schön.

我很樂意提供，這是您的餐點。

▸ Vielen Dank, auf Wiedersehen.

謝謝，再見。

## ■Schnellrestaurant/Imbiss 快餐

德國有很多傳統的小吃店，可以買到德國香腸、薯條、烤雞…等等。可是現在也有很多從國外來的—義大利、土耳其、希臘…等等，也有亞洲來的。5歐元左右就買得到東西。

現在很受歡迎的是沙威瑪或希臘羊肉烤餅。沙威瑪是從土耳其來的，被稱為「Döner Kebab」。希臘羊肉烤餅是從希臘來的，被稱為「Gyros」。兩種都可以包「卷餅」也可以配飯或薯條。

▸ Wo kann ich einen Döner bekommen?

我在哪裡可以買到「沙威瑪」？

▸ Gibt es hier einen Imbiss in der Nähe?

這附近有小吃店、快餐店嗎？

▸ Ich hätte gern eine Bratwurst mit Senf.

我要一個芥末香腸。

▸ Einen Döner bitte.

一個「沙威瑪」。

▸ Zum Mitnehmen, bitte.

外帶。

▸ Ich esse hier.

我在這裡吃。

▸ Wieviel kostet das?

多少錢？

▸ Was für Getränke haben Sie?

您有賣什麼飲料？

- Eine Cola, bitte.

一杯可樂。

- Mit Eis, bitte.

請加冰塊。

- Menü Nr. 3, bitte.

3號餐。

- Einen Hamburger und Pommes, bitte.

一個漢堡跟一份薯條。

- Bitte mit Mayonnaise/Ketchup/Senf.

請加美乃滋／番茄醬／芥末。

- Ich möchte das und das, bitte.

我要點這個跟這個。

- Mit Allem, bitte.

全部都要加。

- Nur das, bitte.

只要這個。

- Haben Sie Servietten?

您有紙巾嗎？

- Ich hätte gern eine Gabel.

我要一根叉子。

- Können Sie mir ein Messer geben?

您可以給我一把刀嗎？

- Ich hatte noch einen Saft bestellt.

我還點了一杯果汁。

- Ist dieser Platz frei?

這個位子是空的嗎？

- Entschuldigung, hier ist besetzt.

不好意思，這裡有人坐。

- Wo soll ich das Geschirr hinstellen?

餐具要放哪裡？

- Wohin soll ich das stellen?

這個要放在哪裡？

- Wo ist der Abfalleimer?

垃圾桶在哪裡？

- Darf ich das hier stehen lassen?

我可以把這個放在這裡嗎？

## Dialog 對話

- Guten Tag, ich hätte gern eine Bratwurst.

您好，我要一份煎香腸。

- Gerne, mit Ketchup oder Senf?

好的，要加番茄醬還是芥末？

- Mit Senf, bitte.

加芥末。

- Möchten Sie auch Pommes Frites?

您要來一份薯條嗎？

- Ja, bitte

是的。

- Die Pommes mit Ketchup oder Mayonnaise?

薯條要加番茄醬或是美乃滋？

- Mit Mayonnaise, bitte.

美乃滋。

- Hier, bitte schön. Das ist alles?

給您，這樣就好了嗎？

- Eine Cola noch, bitte.

還要一杯可樂。

- Das macht dann 5.50 Euro

一共是5.50歐元。

## ■Vokabeln 生詞

| | |
|---|---|
| Abend, der | 晚上 |
| aber | 可是；不過；但是 |
| Abfalleimer, der | 垃圾桶 |
| abräumen | 清理（桌子） |
| Abteilung, die | 部門 |
| Adresse, die | 地址 |
| alkoholfrei | 非酒精的 |
| alle | 都 |
| als | 作為；比起 |
| Angebot, das | 促銷品；特價商品；便宜貨 |
| anstelle | 代替 |
| Appetit, der | 胃口 |
| auch | 也是 |

# Essen/Verpflegung 食物；膳食

| | |
|---|---|
| aufbewahren | 保管 |
| aufschreiben | 寫下來 |
| Augenblick, der | 一會兒 |
| ausstellen | 展覽 |
| Bäckerei, die | 麵包店 |
| bekannt | 有名的 |
| bekommen | 受到；得到 |
| benutzen | 使用 |
| besetzen | 占用 |
| bestellen | 點（東西） |
| Bestellung, die | 訂單；預訂；點菜 |
| bezahlen | 付錢 |
| Bier, das | 啤酒 |
| Biersorte, die | 啤酒類 |
| bis | 直到 |
| bitte | 請 |
| Bitte, die | 要求 |
| bitten | 要求 |
| Bratkartoffeln, die | 煎馬鈴薯 |
| Bratwurst, die | 烤香腸 |
| Bratwürstchen, das | 烤小香腸 |
| brauchen | 需要 |
| bringen | 攜帶；運送 |

| | |
|---|---|
| Brot, das | 麵包 |
| Brötchen, das | 圓形小麵包 |
| Bus, der | 公共汽車；巴士 |
| Cola, die | 可樂 |
| dahinter | 那後面 |
| daneben | 旁邊 |
| danke | 謝謝 |
| dann | 後來；然後 |
| dort | 那邊 |
| durch | 經過；通過 |
| dürfen | 可以；允許 |
| Ecke, die | 角落 |
| einige | 一些 |
| einkaufen | 買進；買入；購物 |
| Einkaufskorb, der | 購物籃 |
| Einkaufswagen, der | 購物車 |
| einladen | 請客；邀請 |
| einmal | 一次 |
| einpacken | 打包 |
| einzeln | 一個；個別的 |
| Eis, das | 冰淇淋 |
| empfehlen | 建議；推薦 |
| Ende, das | 結束；完結 |

| | |
|---|---|
| entlang | 沿著 |
| entschuldigen | 道歉；原諒 |
| Entschuldigung, die | 道歉；原諒 |
| Entschuldigung | 不好意思；對不起 |
| essen | 吃 |
| etwas | 一點點 |
| Eurocent, der | 歐分（100歐分＝1歐元） |
| fehlen | 缺少 |
| fein | 秀氣；優雅；精美的 |
| Fenster, das | 窗戶 |
| finden | 找到 |
| Flasche, die | 瓶（量詞）；酒瓶 |
| Fleischerei, die | 肉店 |
| frei | 自由的；未被佔用的 |
| frisch | 新鮮的 |
| für | 對於 |
| Fuß, der | 腳 |
| Gabel, die | 叉子 |
| Gang, der | 走廊；走道 |
| ganz | 全部；相當 |
| geben | 給予 |
| Geld, das | 錢 |
| gemütlich | 舒服的 |

| | |
|---|---|
| geöffnet | 開的；營業中的 |
| Gericht, das | 菜 |
| gern | 喜歡地 |
| Geschirr, das | 餐具 |
| Getränk, das | 飲料 |
| Getränkeabteilung, die | 飲料區 |
| Glas, das | 玻璃杯 |
| glauben | 相信；覺得 |
| gleich | 一樣；一會兒 |
| Gramm, das | 公克 |
| grob | 粗的 |
| gültig | 有效的 |
| gut | 好的 |
| Gutschein, der | 購物禮券；優惠券 |
| haben | 有 |
| haltbar | 耐久的；有效期限的 |
| Hamburger, der | 漢堡 |
| Hauptspeise, die | 主菜 |
| Haus, das | 房子 |
| Heizung, die | 暖氣 |
| helfen | 幫忙 |
| heute | 今天 |

| | |
|---|---|
| hier | 這裡 |
| hingehen | 過去 |
| hinstellen | 放置 |
| hoch | 高的 |
| Imbiss, der | 小吃店；快餐店；飲食攤 |
| Instantnudeln, die | 泡麵 |
| Ja | 是的 |
| jemand | 某人；有人 |
| Kaffee, der | 咖啡 |
| kalt | 冷的 |
| Kännchen, das | 小壺（量詞） |
| Kartoffel, die | 馬鈴薯 |
| Kartoffelbrei, der | 馬鈴薯泥 |
| Käse, der | 起士 |
| Kasse, die | 收銀台 |
| Kasten, der | 盒子；箱子 |
| kaufen | 買 |
| kein | 無；沒有 |
| kennen | 認識；知道 |
| Ketchup, der | 番茄醬 |
| kinderfreundlich | 對兒童友善的 |
| Kinderstuhl, der | 高腳椅；兒童椅 |
| Kinderteller, der | 兒童餐 |

| | |
|---|---|
| Kleiderordnung, die | 服裝規定；著裝標準 |
| Klimaanlage, die | 冷氣 |
| Kneipe, die | 酒吧 |
| Kohlensäure, die | 碳酸；蘇打水 |
| kommen | 來 |
| können | 會；可以；能 |
| korrekt | 對 |
| kosten, kostet | 價格為… |
| Krawatte, die | 領帶 |
| Kreditkarte, die | 信用卡 |
| Kuchen, der | 蛋糕 |
| Kühlschrank, der | 冰箱 |
| lange | 久的 |
| lassen | 讓；給 |
| Leberwurst, die | 肝腸 |
| links | 左邊 |
| machen | 做；製作 |
| man | 人們；別人；有人 |
| Mayonnaise, die | 美乃滋 |
| mehr | 比較多 |
| Menü, das | 菜單；套餐 |
| Messer, das | 刀子 |
| Milch, die | 牛奶 |

| | |
|---|---|
| Minute, die | 分鐘 |
| mit | 跟 |
| mitnehmen | 帶上；外帶 |
| möchten | 想要 |
| müssen | 需要 |
| nach | 在…以後 |
| Nachtisch, der | 飯後甜點 |
| Nähe, die | 附近；最近 |
| Nahrungsmittel, das | 食物 |
| nehmen | 拿取 |
| nein | 不；不對；不是 |
| nett | 友好的；親切的 |
| nicht | 不；無；非 |
| Nichtraucher, der | 不抽菸者 |
| noch | 還有 |
| nochmal | 再一次 |
| Nummer, die (Nr.) | 號碼 |
| nur | 只有；只是 |
| oder | 或是 |
| ohne | 無；不含；沒有 |
| Person, die | 人 |
| Pfeffer, der | 胡椒 |
| Pfefferkorn, das | 胡椒粒 |

| | |
|---|---|
| Platz, der | 位子 |
| Pommes Frites, Pommes, die | 薯條 |
| probieren | 測試 |
| Problem, das | 問題 |
| Raucher, der | 抽菸者 |
| Rechnung, die | 帳單 |
| Recht, das | 權利；法律 |
| rechts | 右邊 |
| Region, die | 地區 |
| Reihe, die | 行列；排 |
| Reis, der | 米飯 |
| reservieren | 預訂 |
| Rest, der | 剩餘 |
| Restaurant, das | 餐廳 |
| Rotwein, der | 紅酒 |
| rufen | 叫喊 |
| ruhig | 安靜的 |
| Saft, der | 果汁 |
| sagen | 講；說 |
| Salami, die | 義大利大蒜香腸 |
| Salat, der | 沙拉 |
| Salz, das | 鹽巴 |

| | |
|---|---|
| Schachtel, die | 盒子 |
| schließen | 關上；關閉；關門 |
| schmecken | 好吃 |
| Schnitzel, das | 炸牛排 |
| schon | 已經 |
| schön | 漂亮的 |
| sehr | 很 |
| Senf, der | 芥末 |
| servieren | 端上；上菜 |
| Serviette, die | 餐巾 |
| sofort | 馬上 |
| sollen | 得；應該 |
| spät | 晚的；遲的 |
| Speise, die | 餐；菜 |
| Speisekarte, die | 菜單 |
| Spezialität, die | 特色；特餐 |
| sprechen | 講話 |
| stehen | 站；站立 |
| stellen | 置放；立 |
| stimmt | 對 |
| Stück, das | 塊（量詞）；個；戲劇 |
| suchen | 尋找 |
| Supermarkt, der | 超級市場 |

| | |
|---|---|
| Suppe, die | 湯 |
| Süßigkeiten, die | 糖果 |
| Tag, der | 天；日 |
| Tagesessen, das | 今日特餐 |
| Tasse, die | 杯子 |
| Taxi, das | 計程車 |
| Tee, der | 茶 |
| teuer | 貴的 |
| Tisch, der | 桌子 |
| Tofu, das | 豆腐 |
| tragen | 承擔 |
| trennen | 分開 |
| trinken | 喝 |
| tun | 做 |
| Tüte, die | 袋子 |
| umziehen | 換衣服 |
| und | 與；和 |
| vegetarisch | 素的 |
| verkaufen | 賣 |
| verpacken | 打包 |
| viel | 多的 |
| vielmals | 多次的 |
| Vorspeise, die | 開胃菜 |

| | |
|---|---|
| wann | 什麼時候？ |
| warm | 溫暖 |
| warten | 等待 |
| was | 什麼？ |
| Wasser, das | 水 |
| Wechselgeld, das | 零錢 |
| Wein, der | 葡萄酒 |
| Weinkarte, die | 餐廳供應的酒單 |
| Weißbrot, das | 白麵包 |
| Weißwein, der | 白酒 |
| weit | 遠的 |
| Weizenbier, das | 小麥啤酒 |
| welche | 哪一些？ |
| wenig | 少的 |
| wie | 怎麼？怎麼樣？如何？比如 |
| Wiedersehen, das | 再見 |
| Wiener Schnitzel, das | 維也納炸牛排 |
| Wiener, das | 維也納香腸 |
| wieviel | 多少？ |
| wo | 哪裡？ |
| wohin | 到哪裡？ |
| wünschen | 希望；願望；願意 |
| Wurst, die | 香腸 |

| | |
|---|---|
| Zeit, die | 時間 |
| ziehen | 拉 |
| Zucker, der | 糖 |
| zuerst | 首先 |
| zunächst | 首先 |
| zusammen | 一起 |

# Freizeit 休閒

德國很多城市都有方便的大眾運輸系統，如公車、地鐵或火車。因此逛街或參觀各處的風景名勝都很方便。德國的大眾交通工具比台灣貴，而省錢的方法是買一日票。但一日票的花費也算很高了，如果在同樣的地方待比較久，也可以買幾日票或一週票。

此外，大部分的德國城市都有老城區，適合散步，而且汽車不能開入。很多名勝不是老城區的一部分，就是在老城區附近，所以可以走路不用坐公車。

跟台灣不一樣，德國商店都比較早休息。以前差不多晚上六點半左右就休息，現在比較晚，有的店晚上9點後才休息。按照法律規定，週日商店都要休息，而且沒有像7-11之類的超商。有些加油站附設的小店（比7-11小一點），這樣的商店經常提供24小時的服務。

## Sightseeing 觀光

- Gibt es hier eine Touristeninformation?

  這裡有旅客服務中心嗎？

- Wo ist die Touristeninformation?

  旅客服務中心在哪裡？

- Entschuldigung, haben Sie einen (kostenlosen) Stadtplan?

  請問您有（免費的）地圖嗎？

- Könnten Sie mir einen Stadtplan geben?

  可以給我一張地圖嗎？

- Haben Sie einen Liniennetzplan für die U-Bahn/Busse?

  您有公車路線圖嗎？

- Ich möchte einen Tagesausflug machen.

  我想要一日遊。

- Können Sie mir etwas empfehlen?

  您可以給我一點建議嗎？

- Gibt es Halbtagestouren/Tagestouren?

  有沒有半日遊／一日遊的行程？

- Was können Sie mir als Tagestour empfehlen?

  您可以推薦給我一個當天往返的旅遊行程嗎？

- Können Sie mir eine Tagestour empfehlen?

  您可以推薦給我一個當天往返的旅遊行程嗎？

- Können Sie mir etwas mehr über die "Regierungstour"sagen?

  您可以告訴我多一點關於這個「政府參訪行程」嗎？

- Ich möchte eine Tour buchen.

  我要預訂一個旅遊行程。

- Ich möchte eine Tour für morgen buchen.

  我要預訂明天的旅遊行程。

- Kann ich eine Tour für Mittwoch buchen?

  可以預訂星期三的旅遊行程嗎？

- Gibt es noch Plätze für diese Tour?

  這次行程還有位子嗎？

- Wann beginnt die (nächste) Tour?

  下次的旅遊行程什麼時候開始？

- Wie lange dauert die Tour?

  這次行程要多久時間？

- Ist die Tour mit englischer/chinesischer Führung?

  旅行中有英文／中文導覽嗎？

- Wo ist der Treffpunkt für die Tour?

  旅遊的集合地點在哪裡？

- Ist das weit von hier?

離這裡很遠嗎？

- Kann ich das zu Fuß erreichen?

我走路可以走到嗎？

- Kann man hier ein Fahrrad/Auto mieten?

這裡可以租借自行車／汽車嗎？

- Wo kann ich hier ein Fahrrad/Auto mieten?

我在哪裡可以租借自行車／汽車嗎？

- Kann man an einer Hafenrundfahrt teilnehmen?

可以參加一個港灣行程嗎？

- Gibt es Tageskarten für den Bus/die Straßenbahn/die U-Bahn?

有沒有公車／有軌電車／地鐵的一日票？

- Wo ist hier die Bushaltestelle?

公車站在哪裡？

- Wo fährt der Bus ab?

巴士在哪裡發車？

- Haben Sie einen Reiseführer?

您有沒有旅遊指南？

- Entschuldigung, wie heißt diese Straße?

請問這條路叫什麼名字？

- Wo bin ich hier?

這裡是哪裡？

- Entschuldigung, wie komme ich zu diesem Gebäude?

請問我要怎麼去到這個建築物？

- Ich möchte den Zoo besuchen.

我想去動物園。

▸ Hat der Zoo geöffnet?

動物園開門了嗎？

▸ Ist das Pandagehege geöffnet?

貓熊區開放了嗎？

## Dialog 對話 

▸ Guten Tag, was kann ich für Sie tun?

您好，我可以幫您什麼忙？

▸ Guten Tag, ich möchte eine Tour buchen.

您好，我要訂購一個旅遊行程。

▸ Gern. Für wann?

好的，什麼時候？

▸ Für morgen. Können Sie mir eine Tour empfehlen?

明天。您可以建議一個旅遊行程嗎？

▸ Wie wäre es mit der "Classic-Tour" oder der "Special-Tour"?

您覺得「經典行程」或「特別行程」如何？

▸ Wie lange dauern die Touren?

這些旅遊行程需要多久時間？

▸ Die "Classic-Tour" dauert drei Stunden und die "Special-Tour" dauert sechs Stunden?

「傳統行程」需花三個小時，而「特別行程」需花六個小時。

▸ Was gehört zur "Classic-Tour"?

「經典行程」內容包括什麼？

- Dazu gehört z.B. das Kanzleramt, der Reichstag, das Brandenburger Tor, Unter den Linden, der Gendarmenmarkt oder der Potsdamer Platz.

比如：總理府、國會大廈、布蘭登堡門、柏林菩提樹林大道、憲兵市集廣場和菠茨坦廣場。

- Das hört sich gut an. Wieviel kostet die Tour?

聽起來不錯。多少錢？

- Die Tour kostet 20 Euro pro Person.

每個人20歐元。

- Gut, die nehme ich.

好，我選這個。

- Gern, wieviele Personen?

好的，有幾個人要參加？

- Nur ich.

只有我。

- OK, hier ist Ihr Ticket. Das macht 20 Euro.

OK，這是您的票。一共20歐元。

- Hier sind 20 Euro. Wo ist der Treffpunkt.

這是20歐元。集合地點在哪裡？

- Der Treffpunkt ist hier an der Touristeninformation um 9 Uhr.

在這裡的遊客服務中心，早上9點鐘。

- Gut, vielen Dank.

好，謝謝。

- Gern geschehen. Viel Spass.

不要客氣。祝您玩得愉快。

## ■ Kamera/fotografieren 相機 / 拍照

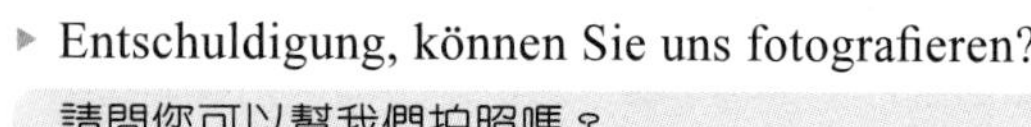

▸ Entschuldigung, können Sie uns fotografieren?

請問您可以幫我們拍照嗎？

▸ Entschuldigung, können Sie ein Bild von uns machen?

請問您可以幫我們拍照嗎？

▸ Sie müssen nur auf diesen Knopf drücken.

您只需要按這個按鈕就行了。

▸ Sie müssen nur hier drücken.

您只需要按這裡就行了。

▸ Bitte mit dem Gebäude.

請跟那個建築物一起拍。

▸ Bitte lächeln.

請微笑。

▸ Bitte, noch eins.

請再拍一張。

▸ Bitte noch einmal.

請再拍一次。

▸ Können Sie bitte noch ein Foto machen?

您可以再拍一張照片嗎？

▸ Darf man hier fotografieren?

這裡可以拍照嗎？

▸ Darf ich hier fotografieren?

我可以在這裡拍照嗎？

▸ Darf man hier mit Blitzlicht fotografieren?

這裡拍照可以用閃光燈嗎？

- Darf man hier das Blitzlicht benutzen?

這裡可以用閃光燈嗎？

- Gibt es hier ein Fotogeschäft?

這裡有照相器材店嗎？

- Können Sie diese Fotos entwickeln?

您可以洗這些照片嗎？

- Ich möchte einige Fotos entwickeln.

我想要洗一些照片。

- Die Foto-Dateien sind auf dieser Karte.

照片在這個檔案卡裡。

- Wie lange dauert das?

這需要多久？

- Wann kann ich die Fotos abholen?

我什麼時候可以拿照片？

- Wieviel kostet ein Foto?

一張照片多少錢？

- Haben Sie Batterien für diese Kamera?

您有賣這台相機的電池嗎？

- Ich brauche eine Batterie für meine Kamera.

我需要一顆相機電池。

- Ich brauche eine neue Speicherkarte für meine Kamera.

我相機需要新的記憶卡。

- 16 Gigabyte bitte.

16 G。

- Meine Kamera ist kaputt.

我的相機壞掉了。

▸ Können Sie die Kamera reparieren?

您可以修理這台相機嗎？

▸ Meine Kamera ist runter gefallen.

我的相機摔到了。

▸ Ich habe meine Kamera fallen gelassen.

我的相機摔壞了。

## Dialog 對話

▸ Guten Tag, können Sie ein paar Fotos entwickeln?

您好，可以幫我洗一些照片嗎？

▸ Ja, gern.

非常樂意。

▸ Die Dateien sind auf dieser Speicherkarte.

檔案在這個記憶卡裡。

▸ Wieviele Abzüge möchten Sie?

您要列印幾張照片。

▸ Von jedem Foto einen Abzug.

每一張照片都列印一張。

▸ Gut, das macht dann 2.50 Euro.

好的，全部是2.50歐元。

▸ Wann kann ich die Fotos abholen?

我什麼時候可以拿照片？

▸ In zwei Stunden.

兩個小時後。

▸ Sehr gut. Haben Sie auch Kamerabatterien?

好的。您也有賣相機的電池嗎？

▸ Ja, für welches Modell?

有，您要那一個型號？

▸ Für eine Canon.

佳能牌的。

▸ Hier, bitte schön.

給您。

▸ Danke, ist das eine Originalbatterie?

謝謝，這是原廠電池嗎？

▸ Ja, das ist eine original Canon-Batterie.

是的，這是一顆原廠電池。

▸ Vielen Dank. Die nehme ich.

謝謝。我要這個。

## ■ Museum 博物館

▸ Gibt es hier ein Museum in der Nähe?

這附近有博物館嗎？

▸ Wie weit ist das Museum von hier entfernt?

博物館離這裡多遠？

▸ Wie komme ich zum Deutschen Museum?

我要怎麼到德意志博物館？

▸ Welcher Bus fährt zum Museum?

哪一班公車會到博物館？

▸ Kann man die Straßenbahn zum Museum nehmen?

可以坐電車到博物館嗎？

▸ Wann ist das Museum geöffnet?

博物館什麼時候開放？

▸ Von wann bis wann ist das Museum geöffnet?

博物館從幾點開放到幾點？

▸ Ist das Museum jeden Tag geöffnet?

博物館每天都開放嗎？

▸ An welchem Tag ist das Museum geschlossen?

博物館哪一天不開放？

▸ Wo ist der Eingang?

入口在哪裡？

▸ Entschuldigung, wo kann ich Eintrittskarten kaufen?

請問我在哪裡可以買到門票？

▸ Entschuldigung, stehen Sie für Eintrittskarten an?

請問您在排隊買門票嗎？

▸ Ist das die Reihe für die Eintrittskarten?

這個隊伍是在排買門票的嗎？

▸ Ist das die richtige Schlange?

這個隊伍是正確的嗎？

▸ Was kostet der Eintritt?

門票多少？

▸ Eine Eintrittskarte bitte.

一張門票。

▸ Zwei Erwachsene und ein Kind, bitte.

兩個大人，一個孩子。

▸ Ich bin Student.

我是大學生。

- Gibt es eine Studentenermäßigung?

學生票有打折嗎？

- Ja, ich habe einen internationalen Studentenausweis.

我有一張國際學生證。

- Gibt es Führungen?

有沒有導覽解說？

- Gibt es Führungen in Englisch/Chinesisch?

有沒有英文／中文的導覽解說？

- Wann beginnt die (nächste) Führung?

下一次的導覽解說什麼時候開始？

- Wie lange dauert die Führung?

導覽解說持續多久時間？

- Wo ist die Sonderausstellung?

特展在哪裡？

- Haben Sie einen Audio-Guide?

您有沒有語言導覽機？

- Ich möchte einen Audio-Guide.

我想要一個語言導覽機。

- In Chinesisch bitte.

中文的。

- Wo ist der Eingang/Ausgang?

入口／出口在哪裡？

- Kann ich meine Tasche/Jacke hier abgeben?

我的包包／夾克可以寄放在這裡嗎？

- Wo kann ich hier Souvenirs kaufen?

我在哪裡可以買到紀念品？

- Gibt es hier einen Museumsshop?

這裡有沒有博物館紀念品店？

- Entschuldigung, wo finde ich das Bild "XXX"?

請問，畫作XXX在哪裡？

- Entschuldigung, wo steht die Statue "XXX"?

請問，XXX的雕像在哪裡？

- Wie heißt dieses Werk?

這個作品叫什麼名字？

- Von wem ist dieses Bild?

這張畫是誰畫的？

- Wie alt ist die Statue?

這個雕像有多久的歷史？

- Aus welchem Jahrhundert ist das?

是源自哪一個世紀？

- Haben Sie eine Cafeteria?

這裡有沒有咖啡廳？

- Wo ist der Ausgang?

出口在哪裡？

- Hallo, ich möchte meine Sachen abholen.

哈囉，我要拿我的東西。

- Wo soll ich den Audio-Guide abgeben?

語言導覽機要在哪裡歸還？

## Dialog 對話

▶ Entschuldigung, wie komme ich zum Deutschen Museum?

請問，我要怎麼到德意志博物館？

▶ Möchten Sie zu Fuß gehen oder mit dem Bus fahren?

您想走路還是坐公車？

▶ Wie lange dauert es zu Fuß?

走路需要多久？

▶ Etwa 15 Minuten.

差不多15分鐘。

▶ Dann möchte ich zu Fuß gehen.

那我要走路。

▶ Gut, das ist ganz einfach. Sie gehen erst diese Straße entlang. Dann an der dritten Ampel nach rechts. Dann an der zweiten Kreuzung nach links. Etwa 500 Meter weiter ist dann das Museum.

好，很簡單。您先沿著這條路，在第三個紅綠燈時往右轉，然後在第二個十字路口時往左轉，差不多再走500公尺就到了博物館。

▶ Vielen Dank. Auf Wiedersehen.

謝謝。再見。

▶ Guten Tag, ich möchte eine Eintrittskarte.

您好。我想買一張門票。

▶ Bitte sehr. Das macht 3 Euro.

您的門票，一共是3歐元。

▶ Hier sind 3 Euro. Haben Sie englische Führungen?

這是3歐元，有英文導覽嗎？

▸ Ja, die nächste beginnt in 15 Minuten.

有，下一次在15分鐘後開始。

▸ Sehr gut. Vielen Dank.

很好。謝謝。

## ■ Einkaufen/Bummeln 購物／逛街

▸ Entschuldigung, wo ist die Einkaufsstraße?

請問商店街在哪裡？

▸ Gibt es hier einen (traditionellen) Markt?

這裡有（傳統的）市場嗎？

▸ Wo ist das Einkaufshaus?

百貨公司在哪裡？

▸ Haben Sie einen Wochenmarkt hier in der Nähe?

這附近有市集嗎？

▸ An welchen Tagen ist der Wochenmarkt geöffnet?

市集哪一天有開放？

▸ Ich möchte den Fischmarkt besuchen.

我想參觀魚市場。

▸ Bis wann ist der Markt geöffnet?

市場開到幾點鐘？

▸ Wie lange hat das Einkaufshaus geöffnet?

百貨公司的營業時間多久？

▸ Gibt es ein Geschäft, in dem jemand Englisch spricht?

有提供英文服務的店嗎？

▸ Wo kann ich Souvenirs kaufen?

我在哪裡可以買到紀念品？

- Ich möchte gern etwas aus dieser Region kaufen.

  我想買這個地方生產的東西。

- Was ist ein typisches Produkt dieser Region?

  什麼是這個地方的典型商品？

- Wo kann ich das kaufen?

  我在哪裡可以買到這個？

- Ich möchte etwas für meine Frau kaufen.

  我想買東西給我太太。

- Ich brauche ein Geschenk für meinen Sohn.

  我想買一個禮物送我兒子。

- Ich möchte mich nur ein wenig umsehen.

  我只是看看。

- Ich sehe mich nur um.

  我只是看看。

- Entschuldigung, wo ist die Rolltreppe/der Aufzug?

  請問手扶梯／電梯在哪裡？

- Auf welcher Etage finde ich Frauenbekleidung/Herrenbekleidung/Schuhe?

  在哪一層樓有賣女裝／男裝／鞋子？

- Kann ich dies anprobieren?

  我可以試穿嗎？

- Wo ist die Umkleidekabine?

  更衣室在哪裡？

- Haben Sie dies in meiner Größe?

  有沒有我的尺寸？

- Ich brauche das etwas kleiner/größer.

  這個我需要小／大一點的。

- Meine Schuhgröße ist 40.

我的鞋子尺寸是 40。

- Das ist zu klein/groß.

這個太小／大。

- Das ist zu kurz/lang.

這個太短／長。

- Haben Sie noch andere Farben?

您還有別的顏色嗎？

- Haben Sie das in Schwarz?

這個您有黑色的嗎？

- Können Sie mir die Jacke aus dem Schaufenster zeigen?

可以給我看看櫥窗裡面的夾克嗎？

- Könnte ich diese Tasche dort sehen?

我可以看看這個袋子嗎？

- Ist das ein deutsches Produkt?

這是德國的產品嗎？

- Hier ist ein Fleck.

這裡有個污點。

- Die Jacke ist beschädigt.

這件夾克破了。

- Können Sie es billiger machen?

可以算便宜一點嗎？

- Haben Sie noch etwas billigeres?

您還有比較便宜的嗎？

- Ich nehme das.

我要這個。

- Ich nehme zwei davon.

  這個產品我要兩件。

- Können Sie das für mich zurücklegen?

  可以幫我保留嗎？

- Können Sie das bis morgen für mich zurücklegen?

  可以幫我保留到明天嗎？

- Können Sie das als Geschenk einpacken?

  您可以把它包裝成禮物嗎？

- Ich glaube, das steht mir nicht.

  我想我穿起來不好看。

- Ich muss noch mal überlegen.

  我還要再想一想。

## Dialog 對話

- Entschuldigung, auf welcher Etage finde ich Schuhe?

  在哪一層樓有賣鞋子？

- Auf der dritten Etage.

  在三樓。

- Kann ich dieses Paar anprobieren?

  我可以試穿這雙鞋嗎？

- Aber sicher.

  當然可以。

- Hm, die sind etwas groß, habe sie die etwas kleiner?

  嗯，有一點大，有沒有小一點的？

▸ Ich denke ja. Was ist Ihre Schuhgröße?

應該有，您的鞋子尺寸是多少？

▸ Meine Schuhgröße ist 40.

我鞋子的尺寸是 40。

▸ OK, einen Augenblick. Ja, hier sind noch zwei Paar. Eins in rot und eins in schwarz.

OK，等我一下。有，這裡還有兩雙。一雙紅色的和一雙黑色的。

▸ Ich mag das schwarze Paar. ... Gut, sehr bequem. Dann nehme ich das schwarze Paar.

我喜歡黑色的。…好，很舒服，那我要黑色的。

▸ OK, das macht 49.99 Euro. Möchten Sie eine Tüte?

OK，總共是49.99歐元。您想要一個袋子嗎？

▸ Ja, bitte. Hier sind 50 Euro.

是的，謝謝。這裡有50歐元。

▸ Hier Ihr Wechselgeld und Ihre Schuhe.

這是您的零錢，還有您的鞋子。

▸ Vielen Dank. Auf Wiedersehen.

謝謝。再見。

▸ Auf Wiedersehen.

再見。

## ■Kino/Theater 電影院／劇院

一般來說，在德國看比較正式的表演，通常要穿得正式一點。

在德國看電影要特別注意：基本上電影都配過音，所以在一般的電影院（跟電視一樣）電影都是講德文，也沒有字幕。不過，有些特別的電影院也提供原文發音的電影。

- Gibt es hier ein Theater?

這裡有劇院嗎？

- Was wird heute gespielt?

今天要演什麼？

- Was wird heute aufgeführt?

今天要演什麼？

- Wird gerade "XXX" aufgeführt?

現在演XXX嗎？

- Ich möchte das Stück XXX sehen. Wird das gerade hier aufgeführt?

我要看XXX。現在這裡有演嗎？

- Ich möchte ein Theaterstück anschauen.

我要看一個表演。

- Möchten Sie etwas lustiges oder etwas trauriges sehen?

您要看喜劇的還是悲劇的？

- Etwas lustiges.

喜劇的。

- Wo kann ich hier eine Oper sehen?

這兒哪裡可以看歌劇？

- Ich möchte morgen eine Oper anschauen.

我明天想要看一齣歌劇。

- Ich möchte ein klassisches Konzert besuchen.

我要看一個古典音樂會。

- Wie lange vorher sollten wir dort sein?

我們多久之前要到？

- Bin ich richtig für das Konzert angezogen?

看音樂會我的穿著得體嗎？

- Wann beginnt die nächste Vorführung?

下一場表演什麼時候開始？

- Wann ist die letzte Vorführung?

最後一場表演是什麼時候？

- Wo ist denn hier ein Kino?

哪裡有電影院？

- Ich habe Lust, einen Film anzusehen.

我有興趣看電影。

- Haben Sie Lust auf einen Liebesfilm oder einen Abenteuerfilm?

您對愛情片還是冒險片有興趣？

- Weder noch. Eine Komödie.

都不要。我要喜劇片。

- Wie lange dauert der Film?

這部影片有多長？

- Ist der Film mit (englischen) Untertiteln?

影片有英文字幕嗎？

- Für wann haben Sie noch Plätze?

什麼時候還會有位子。

- Für welche Vorführung haben Sie noch Plätze?

哪一場表演還有位子？

- Gibt es noch Plätze weiter vorne/hinten?

還有沒有比較前面／後面的位子？

- Ich möchte in der Mitte/an der Seite sitzen.

  我想要坐在中間／在旁邊。

- Ich möchte weiter vorne/hinten sitzen.

  我想要坐前面／後面一點。

- Wo hat man eine bessere Sicht?

  在哪裡有比較好的視野？

- Können Sie mir einen Platz reservieren?

  可以幫我訂一個位子嗎？

- Ich möchte einen Platz reservieren.

  我想要訂一個位子。

- Ich möchte einen Platz für morgen reservieren.

  我想要訂一個明天的位子。

- Ich möchte eine Karte für morgen reservieren.

  我想要訂一張明天的票。

- Ich möchte einen Platz für die 5-Uhr-Vorstellung reservieren.

  我想要訂一張5點鐘那場表演的位子。

- Gibt es auch Stehplätze?

  有站位嗎？

- Haben Sie noch billigere Karten?

  您還有比較便宜的票嗎？

- Haben Sie noch Karten für heute?

  您還有今天的票嗎？

- Ich möchte drei Karten für die morgige Vorführung.

  我想要三張明天那場表演的票。

- Was kosten drei Eintrittskarten?

  三張門票要多少錢？

- Kann ich schon hineingehen?

我可以進去了嗎？

- Wann kann ich hineingehen?

我什麼時候可以進去？

- Entschuldigung, wo ist mein Platz?

請問我的位子在哪裡？

- Wo ist die Toilette?

廁所在哪裡？

- Gibt es hier eine Raucherzone?

這裡有吸菸區嗎？

## Dialog 對話

- Guten Tag, gibt es heute Abend eine Vorführung?

您好，今天晚上有表演嗎？

- Ja, um 20 Uhr.

有，晚上八點鐘。

- Haben Sie noch Karten?

您還有票嗎？

- Ja, wo möchten Sie sitzen?

有，您要坐哪裡？

- Etwas weiter vorne.

我要前面一點的位子。

- Gut, wir haben noch einige Plätze in der fünften Reihe.

好的，第五排還有一些空位。

▸ Wieviel kostet eine Karte?

一張票多少錢？

▸ 30 Euro.

30歐元。

▸ Gut, dann möchte ich zwei Karten. Kann ich mit Kreditkarte bezahlen?

好的，我要兩張。可以刷卡嗎？

▸ Ja, gern.

可以。

▸ Hier ist meine Kreditkarte. Ab wieviel Uhr ist Einlass?

這是我的信用卡。從幾點開始可以入場？

▸ Ab 19:30 Uhr.

從晚上七點半開始。

▸ OK, danke. Auf Wiedersehen.

OK，謝謝。再見

▸ Auf Wiedersehen. Viel Vergnügen.

再見。請享受您的表演。

## ■ Freunde kennenlernen 交流

在德國跟別人聊天時要注意，對陌生人不能太直接。比如跟剛剛認識的人聊天時不能問「您結婚了嗎？」、「您的薪水多少？」或「您幾歲？」

此外，跟一位認識的朋友過了一段時間後再見面時，也不能馬上說：「你變胖了」或「你變老了」。

▸ Wie geht es Ihnen?

您好嗎？

- Mir geht es gut, danke.

我很好，謝謝你。

- Danke, gut.

我很好，謝謝。

- Nicht so gut.

不太好。

- schlecht.

不好。

- Wie heißen Sie?

您叫什麼名字？

- Ich heiße Jack.

我叫Jack.

- Mein Name ist Jack Chen

我的名字是Jack Chen。

- Nennen Sie mich Jack.

請叫我Jack。

- Woher kommen Sie?

您是從哪裡來的？

- Kommen Sie aus Taiwan?

您是從台灣來的嗎？

- Ja, ich komme aus Taiwan.

對，我是從台灣來的。

- Nein, ich komme nicht aus Japan. Ich komme aus Taiwan.

不，我不是從日本來的，我是從台灣來的。

- Ich wohne in Taipei.

我住在台北。

- Wie alt sind Sie, wenn ich fragen darf?

我可以問您幾歲嗎？

- Ich bin 30 Jahre alt.

我30歲。

- Was sind Sie von Beruf?

您的工作是？

- Ich arbeite für ein Handelsunternehmen.

我在貿易公司上班。

- Ich bin (noch) Student/Studentin.

我（還）是大學生（男／女）。

- Was studieren Sie?

您念什麼科系？

- Ich studiere Wirtschaftswissenschaften.

我念企管系。

- Wie gefällt Ihnen Deutschland?

您覺得德國如何？

- Sind Sie zum ersten Mal in Deutschland?

您第一次來德國嗎？

- Waren Sie schon einmal in Taiwan?

您去過台灣嗎？

- Nein, noch nicht.

還沒去過。

- Ja, einige Male.

去過幾次。

- Ja, viele Male.

去過很多次。

▶ Ich mag Deutschland.

我喜歡德國。

▶ Ich bin zum ersten Mal in Deutschland.

我第一次來德國。

▶ Nein, ich war schon oft in Deutschland.

不，我經常來德國。

▶ Nein, ich bin das zweite Mal in Deutschland.

不，我第二次來德國。

▶ Ich bin das erste Mal in München.

我第一次來慕尼黑。

▶ Von hier aus fahre ich nach Berlin.

我要從這裡到柏林。

▶ Ich bleibe 8 Tage in Deutschland.

我在德國要待8天。

▶ Sind Sie privat hier?

您來這裡旅行嗎？

▶ Sind Sie privat oder beruflich hier?

您來這裡旅行還是出差？

▶ Ich bin auf einer Urlaubsreise.

我在旅行。

▶ Ich bin zum Urlaub hier.

我來這裡旅行。

▶ Ich bin privat hier.

我來這裡旅行。

▶ Ich bin auf einer Geschäftsreise.

我來出差。

- Ich bin geschäftlich hier.

我來出差。

- Wie lange sind Sie schon in München?

您待在慕尼黑多久了？

- Ich bin schon 8 Tage in München.

我在慕尼黑已經待八天了。

- Ich bin erst 2 Tage in München?

我才在慕尼黑待兩天。

- Haben Sie schon etwas von der Stadt gesehen?

您參觀城市的一些東西了嗎？

- Was haben Sie schon gesehen?

您參觀了什麼嗎？

- Was möchten Sie noch sehen?

您還要參觀什麼？

- Ich habe schon das Deutsche Museum besucht.

我已經參觀了德意志博物館。

- Ich habe schon das Brandenburger Tor gesehen.

我已經參觀了布蘭登堡門。

- Ich möchte noch den Englischen Garten besuchen.

我還要參觀英國花園。

- Ich besuche Kunden.

我拜訪了客戶。

- Ich nehme an einer Messe teil.

我要參展。

- Ich besuche eine Messe.

我要出席一個展覽。

- Kann ich mich hierhin setzen?

我可以在這裡坐下嗎？

- Wo steigen Sie aus?

您在哪裡下車？

- Kann ich Ihnen helfen?

我可以幫您嗎？

- Haben Sie heute etwas vor?

您今天有事情嗎？

- Was haben Sie vor?

您打算做些什麼？

- Wo möchten Sie hin?

您想去哪裡？

- Bitte, nach Ihnen.

您先請。

- Haben Sie heute Abend Zeit?

您今天晚上有空嗎？

- Ja, ich habe Zeit.

有，我有空。

- Nein, ich habe heute keine Zeit.

沒有，我沒有空。

- Ich möchte ins Museum.

我想去博物館。

- Haben Sie Lust, ins Kino zu gehen?

您有興趣看電影嗎？

- Möchten Sie mit mir ins Kino gehen?

您想跟我一起去看電影嗎？

- Wollen wir zusammen ins Kino gehen?

我們一起去看電影好嗎？

- Wollen wir zusammen zum Essen gehen?

我們一起去吃飯好嗎？

- Wollen wir zusammen etwas trinken?

我們一起去喝飲料好嗎？

- Gern, was schlagen Sie vor?

您推薦什麼？

- Möchten Sie heute Abend zum Abendessen vorbeikommen?

您今天晚上要來我家吃晚餐嗎？

- Sehr gern. Wo wohnen Sie?

我很樂意。您住在哪裡？

- Ich wohne in der Barfüsserstraße 5.

我住在Barfüsserstraße 5。

- Ich wohne im Hotel Excelsior.

我住Astoria飯店

- Wann treffen wir uns?

我們什麼時候見面？

- Treffen wir uns um 17 Uhr?

我們下午5點見面嗎？

- Es hat mich gefreut Sie kennenzulernen.

我很高興認識您。

- Mich auch.

我也是。

- Bitte melden Sie sich, wenn Sie nach Taiwan kommen.

您來台灣時，請來找我。

- Schönen Tag noch.

祝您有美好的一天。

- Eine gute Reise wünsche ich Ihnen.

我祝您一路順風。

- Danke, ebenfalls.

謝謝，彼此彼此。

- Danke, das wünsche ich Ihnen auch.

謝謝，您也是。

- Auf Wiedersehen.

再見。

## Dialog 對話

- Guten Tag, wie geht es Ihnen?

您好嗎？

- Danke, mir geht es gut. Und Ihnen?

謝謝，我很好，您呢？

- Mir geht es auch gut, danke. Wohin fahren Sie?

我也很好，您要去哪裡？

- Ich fahre nach München.

我要去慕尼黑。

- Ah, ich auch. Sind Sie auf Geschaftsreise in Deutschland?

啊，我也是。您來德國出差嗎？

▶ Ja. Ich werde an einer Messe teilnehmen.

對，我來參展。

▶ Interessant. Woher kommen Sie?

很有趣。您是從哪裡來的？

▶ Ich komme aus Taiwan.

我是從台灣來的。

▶ Oh, das ist weit. Sind Sie das erste Mal in Deutschland?

喔，好遠喔。您是第一次來德國嗎？

▶ Nein, ich war schon oft in Deutschland. Waren Sie schon einmal in Taiwan?

不，我經常來德國。您去過台灣嗎？

▶ Nein, leider noch nie.

真可惜，我還沒去過。

▶ Wo wohnen Sie in München?

您住在慕尼黑哪裡？

▶ Ich bin auch geschäftlich in München, daher wohne ich im Hotel. Ich wohne im Hotel Astoria.

我也是來慕尼黑出差，所以我住飯店。我住Astoria飯店。

▶ Oh, so ein Zufall. Ich auch. Wollen wir heute Abend zusammen essen?

喔，這麼巧，我也是。我們今天晚上一起吃飯好嗎？

▶ Ja gern.

好啊！我很樂意。

## ■Wetter 天氣

德國最熱的時候，一般來說是7、8月，但這時的氣候也比較穩定。8月底至9月開始變得比較冷。但天氣還是很好，只是每天溫度變化漸大。白天還是20-25度，但早上跟晚上的溫差可能有10度左右。10月底至11月，已經很冷（10度以下）而且溼度很高，常常下雨，很像台北的冬天，但有時候會更冷。不過，不必擔心，因為屋子裡都裝有暖氣，所以室內很舒服。12月至1月一般來說最冷，常常下雪。其實南部下雪比較多，北部卻不一定。德國北部經常很冷，可是不下雪反而下雨。2月則跟11月差不多。3月天氣漸漸好轉，比較溫暖，可是到4月卻非常不穩定，有時候3月初還會下雪。而且德國人有一個關於4月天氣的說法：「Der April macht, was er will」一「4月隨心所欲。」意思是根本就不知道每天的天氣會如何。5月和6月算是不錯，氣候已經比較溫暖，而且很多花跟水果樹都開花，所以風景很漂亮。可是有時候卻會忽然變冷、下雨。所以建議您，去德國的話，不管什麼時候都要帶件外套。

| | |
|---|---|
| Es ist kalt/warm/heiss. | 冷／溫暖／熱 |
| Es ist zu kalt/zu warm/zu heiss. | 太冷／太溫暖／太熱 |
| Das Wetter ist (sehr) schön/gut. | 天氣（很）好 |
| Das Wetter ist schlecht. | 天氣不好 |
| Es könnte regnen. | 有可能會下雨 |
| Es regnet. | 下雨 |

| | |
|---|---|
| Es regnet immer noch. | 一直下雨 |
| Die Sonne scheint. | 太陽照耀著 |
| Es ist sonnig. | 有陽光的 |
| Es schneit. | 下雪 |
| Es ist bewölkt. | 多雲的 |
| Es ist wolkig. | 多雲的 |
| Haben Sie einen Regenschirm? | 您有沒有帶雨傘？ |
| Haben Sie Sonnencreme? | 您有沒有防曬油？ |
| Haben Sie einen Hut/ eine Mütze? | 您有帽子嗎？ |
| Mir ist kalt/heiss. | 我感到冷／熱。 |
| Sie sollten etwas mehr anziehen. | 您應該要穿多一點。 |
| Am besten nehmen Sie einen Schirm mit. | 您最好帶一把雨傘。 |

## ■das Geld/die Bank 金錢／銀行

在德國提款都要到銀行，不像台灣的便利商店、超級市場都設有提款機。

一般來說，德國的銀行門口都沒有警衛，也沒有人問你需要什麼服務。所以如果你有問題時，必須自己找銀行行員，或到他們的櫃檯辦理。

- Gibt es hier eine Bank?

這裡有銀行嗎？

- Wo ist die nächste Bank?

最近的銀行在哪裡？

- Hat dieses Hotel einen Geldautomaten?

這家飯店有提款機嗎？

- Ich brauche Geld.

我需要錢。

- Ich benötige Euro.

我需要歐元。

- Ich möchte Geld wechseln.

我要換錢。

- Ich möchte Geld umtauschen.

我要換錢。

- Wo kann ich Geld umtauschen?

我在哪裡可以換錢？

- An welchem Schalter kann ich Geld umtauschen?

在哪一個櫃檯可以換錢？

- Bitte wechseln Sie das in Euro.

請您把這個兌換成歐元。

- Ich habe Taiwandollar und brauche Euro.

我有新台幣，但我需要歐元。

- Wie ist der (heutige) Wechselkurs?

（今天的）匯率多少？

- Ich brauche 10-Euro-Scheine und 20-Euro-Scheine und ein bißchen Kleingeld.

我需要10歐元紙鈔、20歐元紙鈔和一點零錢。

▸ Geben Sie mir bitte einige 10-Euro-Scheine und einige 20-Euro-Scheine.

請給我一些10歐元紙鈔和一些20歐元紙鈔。

▸ Ich möchte zehn 10-Euro-Scheine und fünf 20-Euro-Scheine.

我想要10張10歐元紙鈔和5張20歐元紙鈔。

▸ Alles in 10-Euro-Scheinen, bitte.

都要10歐元鈔票。

▸ Den Rest in Kleingeld, bitte.

剩下的都要零錢。

▸ Wie hoch sind die Gebühren?

費用多少？

▸ Können Sie mir helfen?

您可以幫我嗎？

▸ Ich möchte Geld aus dem Geldautomaten holen.

我想從這台提款機提款。

▸ Können Sie mir mit dem Geldautomaten helfen?

您可以幫我使用這台提款機嗎？

▸ Ich muss Geld überweisen.

我需要匯款。

▸ Ich muss Geld auf ein taiwanisches Konto überweisen.

我要匯款到台灣的戶頭。

▸ Ich habe Reisechecks und möchte Bargeld.

我有旅行支票，但我需要現金。

▸ Kann ich diese Reisechecks in Bargeld umtauschen?

我可以把這些旅行支票換成現金嗎？

## Dialog 對話

▶ Guten Tag, an welchem Schalter kann ich Geld umtauschen?

您好，在哪一個櫃檯可以換錢？

▶ Bitte zu diesem Schalter dort.

請您到那一個櫃檯。

▶ Vielen Dank.

謝謝。

▶ Ich habe Taiwandollar und brauche Euro.

我有新台幣，但我需要歐元。

▶ Gern, wieviel Geld möchten Sie denn umtauschen?

樂意為您服務，您想要換多少錢？

▶ Wie ist der heutige Wechselkurs?

今天的匯率是多少？

▶ 1 zu 38.

1比38。

▶ Wie hoch sind die Gebühren?

手續費是多少？

▶ 5 Euro.

5歐元。

▶ Dann möchte ich 8,000 Taiwandollar umtauschen.

那我要換8000元新台幣。

▶ Gut, das sind dann 210.52 Euro. Abzüglich der Gebühren macht das 205.52 Euro. Wie möchten Sie das Geld?

好的，那就是210.52歐元，扣除手續費就是205.52歐元。您要用哪種方式拿錢？

▸ Ich möchte zehn 10-Euro-Scheine und fünf 20-Euro-Scheine. Den Rest in Kleingeld, bitte.

我想要10張10歐元紙鈔和5張20歐元紙鈔。剩下的要換成零錢。

▸ Bitte sehr.

這是您兌換的錢。

▸ Vielen Dank. Auf Wiedersehen.

謝謝。再見。

## ■die Post 郵局

傳統的德國郵局跟台灣一樣，都是專門的郵政機構。可是現在跟美國一樣，郵局可能附設在別的店裡，比如在超級市場或文具店裡，所以有時比較難找到。

▸ Wo ist die Post?

郵局在哪裡？

▸ Ich brauche Briefmarken.

我要買郵票。

▸ 10 Briefmarken, bitte.

10張郵票。

▸ Nach Taiwan, bitte.

寄到台灣。

▸ Für Postkarten.

我要寄明信片。

▸ 10 Briefmarken für Postkarten nach Taiwan, bitte.

10張郵票使用在要寄去台灣的明信片上。

▸ Ich hätte gerne Ansichtskarten/Postkarten.

我想要一些風景明信片／明信片。

▸ Gibt es hier einen Briefkasten?

這裡有郵筒嗎？

▸ Ich möchte meine Postkarten/Briefe einwerfen.

我要投遞我的明信片／信。

▸ Ich möchte dieses Paket nach Taiwan schicken.

我想要寄這個包裹到台灣。

▸ Was kostet ein Brief nach Taiwan?

寄信到台灣要多少錢？

▸ Wie hoch ist das Porto nach Taiwan?

寄到台灣的郵資多少錢？

▸ Wie lange dauert das Paket nach Taiwan?

包裹寄到台灣需要多久？

▸ Per Luftpost, bitte.

航空郵件，麻煩了。

▸ Haben Sie Umschläge?

您有信封嗎？

▸ Bitte nicht knicken.

請不要折彎。

▸ Könnte ich einen Stift haben?

可以給我一枝原子筆嗎？

## Dialog 對話

- Guten Tag, ich möchte diesen Brief nach Taiwan schicken.

  您好，這封信我想要寄到台灣。

- Sehr gern. Sie brauchen noch eine Briefmarke.

  您還需要一張郵票。

- Ja, richtig. Was kostet ein Brief nach Taiwan?

  好的。寄一封信到台灣要多少錢？

- 1.50 Euro.

  1.50歐元。

- Gut, dann nehme ich 5 Briefmarken.

  好，那我買5張郵票。

- Hier, bitte schön. Das macht 7.50 Euro.

  給您，一共是7.50歐元。

- Bitte sehr. Gibt es hier einen Briefkasten?

  給您，這裡有郵筒嗎？

- Ja, neben dem Eingang. Aber Sie können es auch mir geben.

  有，在門口旁邊。您也可以給我就好。

- Vielen Dank.

  好的，謝謝。

## ■Vokabeln 生詞

| | |
|---|---|
| Abend, der | 晚上 |
| Abendessen, das | 晚餐 |
| Abenteuerfilm, der | 冒險片 |
| aber | 可是；不過；但是 |
| abgeben | 交出 |
| abholen | 接 |
| Abzug, der | 列印照片 |
| alle | 都 |
| als | 作為；比 |
| alt | 舊的；老的 |
| Altstadt, die | 舊城區 |
| Altstadtviertel, das | 舊城區 |
| Ampel, die | 紅綠燈 |
| andere | 其他的；別的 |
| anprobieren | 試穿 |
| anschauen | 參觀；看；觀看 |
| ansehen | 參觀；看；觀看 |
| Ansichtskarte, die | 風景明信片 |
| anziehen | 穿上 |
| arbeiten | 工作 |
| auch | 也是 |

| | |
|---|---|
| Audioguide, der | 語音導覽機 |
| aufführen | 表演 |
| aufschlagen | 打開（書）；搭起（帳篷） |
| Aufzug, der | 電梯 |
| Augenblick, der | 一會兒 |
| Ausgang, der | 出口 |
| aussteigen | 下車 |
| Auto, das | 汽車 |
| Bank, die | 銀行 |
| Bargeld, das | 現金 |
| Batterie, die | 電池 |
| befehlen | 命令 |
| beginnen | 開始 |
| benötigen | 需要 |
| benutzen | 使用 |
| bequem | 舒服的 |
| Beruf, der | 工作；行業；職業 |
| beruflich | 業務的；職業的 |
| Berufsreise, die | 出差 |
| beschädigen | 損壞 |
| Besichtigung, die | 參觀 |
| besser | 比較好的 |
| besuchen | 拜訪；找人 |

| | |
|---|---|
| bewölkt | 多雲的 |
| bezahlen | 付錢 |
| Bild, das | 畫；圖片 |
| billig | 便宜的 |
| bis | 直到 |
| bißchen | 一點點 |
| Bitte, die | 要求 |
| bleiben | 停留；留下 |
| Blitzlicht, das | 閃光燈 |
| brauchen | 需要 |
| Brief, der | 信 |
| Briefkasten, der | 信箱 |
| Briefmarke, die | 郵票 |
| Briefumschlag, der | 信封 |
| buchen | 預訂 |
| Buchhandlung, die | 書店 |
| bummeln | 逛逛 |
| Burg, die | 城堡 |
| Bus, der | 公共汽車；巴士 |
| Bushaltestelle, die | 公車站 |
| Cafeteria, die | 自助餐廳；食堂；飯廳 |
| daher | 所以 |
| danke | 謝謝 |

| | |
|---|---|
| dann | 後來；然後 |
| Datei, die | 檔案 |
| dauern, dauert | 歷時 |
| davon | 當中 |
| dazu | 對此 |
| denken | 覺得；想 |
| Denkmal, das | 紀念館；紀念碑；塑像；文物 |
| denn | 因為 |
| Digitalkamera, die | 數位相機 |
| Dom, der | 大教堂 |
| dort | 那邊 |
| drücken | 推；壓 |
| dürfen | 可以；允許 |
| ebenfalls | 也；同樣 |
| einfach | 單程的；單純；簡單的 |
| Eingang, der | 入口 |
| einige | 一些 |
| Einkaufshaus, das | 百貨公司 |
| Einkaufsstraße, die | 商店街 |
| Einlass, der | 入場 |
| einmal | 一次 |
| einpacken | 打包 |
| Eintritt, der | 入場 |

| | |
|---|---|
| Eintrittskarte, die | 門票 |
| einwerfen | 投入 |
| Einzelzimmer, das | 單人房 |
| empfehlen | 建議；推薦 |
| entfernt | 遠的 |
| entlang | 沿著 |
| Entschuldigung, die | 道歉；原諒 |
| "Entschuldigung" | 不好意思；對不起 |
| entwickeln | 沖洗（照片）；發展；發揮 |
| erreichen | 到達 |
| Erwachsene, der, die | 大人（男，女）；成年人 |
| Erwachsene, der, die | 大人（男，女）；成年人 |
| essen | 吃 |
| Etage, die | 樓層 |
| etwa | 差不多 |
| etwas | 一點點 |
| Euro, der | 歐元 |
| fahren | 開（車）；騎（腳踏車） |
| Fahrrad, das | 腳踏車 |
| fallen | 跌倒 |
| Farbe, die | 顏色 |

| | |
|---|---|
| Film, der | 電影 |
| finden | 找到 |
| Fischmarkt, der | 魚市場 |
| Fleck, der | 污點 |
| Foto, das | 照片 |
| Fotogeschäft, das | 照相器材店 |
| fotografieren | 拍照 |
| fragen | 問；提問 |
| Frau, die | 女生 |
| Frauenbekleidung, die | 女裝 |
| Freibad, das | 室外游泳池 |
| Fremdenverkehrs-büro, das | 旅客服務中心 |
| freuen | 開心；快樂 |
| Führung, die | 導覽 |
| für | 對於 |
| Fuß, der | 腳 |
| ganz | 全部 |
| Garten, der | 花園 |
| Gebäude, das | 建築物 |
| geben | 給予 |
| Gebühren, die | 手續費 |
| gefallen | 喜歡 |
| gegenüber | 對面 |

| | |
|---|---|
| gehen | 去；走路 |
| gehören | 屬於 |
| Geld, das | 錢 |
| Geldautomat, der | 提款機 |
| Geldschein, der | 紙鈔 |
| geöffnet | 開的；營業中 |
| gerade | 一直 |
| gern | 喜歡地 |
| Geschäft, das | 商店；生意 |
| geschäftlich | 商業上的 |
| Geschäftsreise, die | 出差 |
| geschehen | 發生 |
| Geschenk, das | 禮物 |
| geschlossen | 關閉的 |
| glauben | 相信；覺得 |
| groß | 大的；高的 |
| Größe, die | 尺寸 |
| gut | 好的 |
| haben | 有 |
| Hafenrundfahrt, die | 港灣旅遊行程 |
| Halbtagestour, die | 半日旅遊 |
| Hallenbad, das | 室內游泳池 |

| | |
|---|---|
| Handelsunternehmen, das | 貿易公司 |
| Handy, das | 手機 |
| Handynummer, die | 手機號碼 |
| heißen | 叫做；稱為 |
| helfen | 幫忙 |
| Herrenbekleidung, die | 男裝 |
| heute | 今天 |
| heutige | 今天的 |
| hier | 這裡 |
| hierhin | 到這裡 |
| hin | 到 |
| hineingehen | 進去 |
| hinten | 後面 |
| holen | 取來；拿取 |
| hören | 聽 |
| Hotel, das | 飯店 |
| Hut, der | 帽子 |
| immer | 總是；一直 |
| interessant | 有趣的；好玩的 |
| international | 國際上的 |
| Ja | 是 |
| Jacke, die | 外套 |

| | |
|---|---|
| Jahr, das | 年度 |
| Jahrhundert, das | 世紀 |
| jeder, jede | 大家；每人 |
| kalt | 冷的 |
| Kamera, die | 相機 |
| Kamerabatterie, die | 相機電池 |
| kaputt | 壞掉的 |
| Karte, die | 地圖；明信片；門票 |
| kaufen | 買 |
| kein | 無；沒有 |
| kennenlernen | 認識；結識 |
| Kind, das | 孩子 |
| Kino, das | 電影院 |
| Kirche, die | 教堂 |
| klassisch | 古典的 |
| klein | 小的；矮的 |
| Kleingeld, das | 零錢 |
| knicken | 彎曲；摺 |
| Knopf, der | 扣子 |
| kommen | 來 |
| Komödie, die | 喜劇；喜劇片 |
| Konditorei, die | 蛋糕店 |
| können | 會；可以；能 |

| | |
|---|---|
| Konto, das | 戶頭；帳戶 |
| Konzert, das | 演唱會；音樂會 |
| kosten, kostet | 價格為… |
| kostenlos | 免費的 |
| Kreditkarte, die | 信用卡 |
| Kunde, der | 客人；客戶 |
| kurz | 短的 |
| lächeln | 微笑 |
| lang | 長的 |
| lange | 久的 |
| leider | 可惜 |
| Liebesfilm, der | 愛情片 |
| Liniennetzplan, der | 路線圖 |
| Luftpost, die | 空運 |
| lustig | 好笑的 |
| machen | 做；製作 |
| Mal, das | 次數 |
| man | 人們；別人；有人 |
| Markt, der | 市場 |
| mehr | 比較多 |
| melden | 保持聯絡 |
| mieten | 租借 |
| Minute, die | 分鐘 |

| | |
|---|---|
| mit | 跟；和 |
| Mitte, die | 中間 |
| Mobiltelefon, das | 手機 |
| möchten | 想要 |
| Mode, die | 時尚 |
| Modell, das | 車型；型號；模特兒 |
| morgen | 明天 |
| Museum, das | 博物館 |
| Museumsshop, der | 博物館的紀念品店（可以買到跟博物館有關的商品） |
| Musical, das | 音樂劇 |
| müssen | 需要；必須 |
| Mütze, die | 帽子 |
| nach | 在…以後 |
| Nähe, die | 附近；最近 |
| Name, der | 名字 |
| neben | 旁邊 |
| nehmen | 拿取 |
| nein | 不；無；不是 |
| nennen | 叫；稱為 |
| neu | 新的 |
| nicht | 不；無；非 |
| nie | 從來沒有；永不 |

| | |
|---|---|
| noch | 還有 |
| nur | 只是；只有 |
| oder | 或是 |
| oft | 常常 |
| Oper, die | 歌劇 |
| original | 原來的 |
| Original, das | 原物；原型 |
| Originalbatterie, die | 原廠電池 |
| Paar, das | 一副；一雙；一對 |
| Paket, das | 包裹 |
| Palast, der | 王宮；皇宮 |
| Person, die | 人 |
| Platz, der | 位子 |
| Porto, das | 郵資 |
| Post, die | 郵局 |
| Postkarte, die | 明信片 |
| privat | 個人的；私人的；私下的；非出公差的 |
| Produkt, das | 產品 |
| Raucherzone, die | 抽菸區 |
| rauf | 向上；往上 |
| rauf und runter | 上上下下 |
| rechts | 右邊 |
| Regenschirm, der | 雨傘 |

| Region, die | 地方；地區 |
|---|---|
| regnen | 下雨 |
| Reihe, die | 行列；排 |
| Reise, die | 旅遊 |
| Reisebüro, das | 旅行社 |
| Reisecheck, der | 旅行支票 |
| Reiseführer, der | 導遊 |
| reparieren | 修理 |
| reservieren | 預訂 |
| Rest, der | 剩餘 |
| richtig | 對的；正確的 |
| Rolltreppe, die | 手扶梯 |
| rot | 紅色 |
| runter | 向下；往下 |
| Sache, die | 東西；事情 |
| sagen | 講；說 |
| Schalter, der | 櫃檯 |
| Schaufenster, das | 陳列窗；商店櫥窗 |
| scheinen | 發光 |
| schicken | 寄送 |
| Schirm, der | 雨傘 |
| schlagen | 打 |
| Schlange, die | 蛇；很長的隊伍 |

| | |
|---|---|
| schlecht | 不好的；壞的 |
| Schloss, das | 城堡；王宮；皇宮 |
| schneien | 下雪 |
| schon | 已經 |
| schön | 漂亮的 |
| Schuh, der | 鞋子 |
| Schuhgröße, die | 鞋子的尺寸 |
| Schülerausweis, der | 學生證（小學到高中） |
| schwarz | 黑色 |
| schwimmen | 游泳 |
| sehen | 看 |
| sehr | 很 |
| Seite, die | 頁數 |
| setzen | 坐下 |
| sicher | 安全的 |
| Sicht, die | 能見度；視野；景色 |
| sitzen | 坐 |
| so | 這樣 |
| Sohn, der | 兒子 |
| sollen | 應該 |
| Sonderangebot, das | 特價品；賤價品 |
| Sonderausstellung, die | 特展 |

| | |
|---|---|
| Sonne, die | 太陽 |
| Sonnencreme, die | 防曬油 |
| sonnig | 晴天的 |
| Souvenir, das | 紀念品 |
| Spass, der | 玩笑 |
| Speicherkarte, die | 記憶卡 |
| spielen | 玩；打（球） |
| sprechen | 講話 |
| Stadt, die | 城市 |
| Stadtplan, der | 城市地圖 |
| Stadtzentrum, das | 市中心 |
| Statue, die | 雕像 |
| stehen | 站；站立 |
| Stehplatz, der | 站位 |
| Stift, der | 筆 |
| Straße, die | 路；街道 |
| Straßenbahn, die | 電車；有軌電車 |
| Stück, das | 塊；個；戲劇 |
| Student, der | （男）大學生 |
| Studentenausweis, der | 大學學生證 |
| Studentenermäßigung, die | 學生優惠 |
| Studentin, die | （女）大學生 |

| | |
|---|---|
| studieren | 念書（大學、研究所） |
| Stunde, die | 小時；鐘頭 |
| Tag, der | 天；日 |
| Tagesausflug, der | 一日旅遊 |
| Tageskarte, die | 一日票 |
| Tagestour, die | 一日旅遊 |
| Taiwandollar, der | 新台幣 |
| Tasche, die | 包包 |
| Teilnahme, die | 參加 |
| teilnehmen | 參加 |
| Telefonnummer, die | 電話號碼 |
| Theater, das | 戲院 |
| Theaterstück, das | 戲劇 |
| Ticket, das | 票；門票 |
| Toilette, die | 馬桶；廁所 |
| Tour, die | 旅遊 |
| Touristeninformation, die | 旅客服務中心 |
| Tradition | 傳統 |
| traditionell | 傳統的 |
| traurig | 難過的 |
| treffen | 見面；碰面 |
| Treffpunkt, der | 會場；集合地點 |

| | |
|---|---|
| trinken | 喝 |
| tun | 做 |
| Tüte, die | 袋子 |
| typisch | 典型的 |
| U-Bahn, die | 地鐵 |
| über | 關於；超過 |
| überlegen | 考慮 |
| überweisen | 匯款 |
| Uhr, die | 時鐘；鐘 |
| Umkleidekabine, die | 更衣室 |
| Umschlag, der | 信封 |
| umsehen | 環視；環顧 |
| umtauschen | 交換 |
| und | 與；和 |
| unter | 下；低於 |
| Untertitel, der | 字幕 |
| Urlaub, der | 休假；假期 |
| Urlaubsreise, die | 旅遊 |
| Vergnügen, das | 樂趣；娛樂 |
| viel | 多的 |
| vor | 前面 |
| vorbeikommen | 過來；經過 |
| Vorführung, die | 戲劇；表演 |

| | |
|---|---|
| vorher | 之前 |
| vorne | 前面 |
| vorschlagen | 建議 |
| Vorstellung, die | 介紹；戲劇；表演 |
| wann | 什麼時候？ |
| Ware, die | 貨品；貨物 |
| warm | 溫暖 |
| was | 什麼？ |
| Wechselgeld, das | 零錢 |
| Wechselkurs, der | 匯率 |
| wechseln | 兌換 |
| weder ... noch | 既不…也不… |
| weit | 遠的 |
| welche | 哪一些？ |
| wenig | 少的 |
| wenn | 如果 |
| Werk, das | 作品；創作 |
| Wetter, das | 天氣 |
| wie | 怎麼？怎麼樣？如何？比如 |
| Wiedersehen, das | 再見 |
| wieviel | 多少？ |
| wo | 哪裡？ |
| Wochenmarkt, der | 一週一次的市集 |

| | |
|---|---|
| woher | 從哪裡來？ |
| wohin | 到哪裡去？ |
| wohnen | 居住 |
| wolkig | 多雲的 |
| wollen | 想要 |
| wünschen | 希望；願望；願意 |
| zeigen | 表示；指引 |
| Zeit, die | 時間 |
| Zeitung, die | 報紙 |
| Zoll, der | 海關 |
| Zoo, der | 動物園 |
| Zufall, der | 巧合 |
| zurücklegen | 把某物放回去 |
| zusammen | 一起 |

## Mit der taiwanischen Vertretung in Deutschland kommunizieren
## 跟台灣駐德國代表處連絡 

- Wo ist die taiwanische Vertretung?
  台灣代表處在哪裡？
- Wie ist die Telefonnummer der taiwanischen Vertretung?
  台灣代表處的電話號碼是多少？
- Ist dort die taiwanische Vertretung?
  是台灣代表處嗎？
- Sprechen Sie Chinesisch?
  您會說中文嗎？
- Mein Name ist Chen.
  我姓陳。
- Ich habe meinen Reisepass verloren.
  我的護照不見了。
- Mein Reisepass wurde gestohlen.
  我的護照被偷走了。
- Was soll ich tun?
  我該怎麼辦？

台灣駐德代表處（柏林）的緊急聯絡電話
- (49) 1719061034，1719149522
http://www.taiwanembassy.org/de/mp.asp?mp=106

台灣駐慕尼黑辦事處的緊急聯絡電話
- (49) 1755708059
http://www.taiwanembassy.org/DE/MUC/mp.asp?mp=116

駐德台北代表處漢堡辦事處的緊急聯絡電話
(49) 171-5217081, 171-7429722
http://www.taiwanembassy.org/DE/HAM/mp.asp?mp=111

## Dialog 對話

- Guten Tag. Ist dort die taiwanische Vertretung?

  您好，您那裡是台灣的代表處嗎？

- Ja, was kann ich für Sie tun?

  是的，我可以幫您什麼忙？

- Mein Name ist Chen. Ich habe meinen Reisepass verloren.

  我姓陳，我的護照不見了。

- Ich verstehe. Wo sind Sie jetzt? Können Sie hierher kommen?

  我了解了。您現在在哪裡？您可以過來嗎？

- Ich bin in München. Ja, ich kann vorbei kommen.

  我現在在慕尼黑，我可以過去。

- Gut, haben Sie unsere Adresse?

  好，您有我們的地址嗎？

- Ja, habe ich.

  我有。

- Gut, dann bis bald.

  好，待會兒見。

## Krankheit 生病

- Mir geht es nicht gut.
  我覺得不舒服。
- Ich fühle mich nicht wohl.
  我覺得不舒服。
- Ich bin krank.
  我生病了。
- Ich glaube, ich bin krank.
  我覺得我生病了。
- Gibt es hier einen Arzt?
  這裡有醫生嗎？
- Wie komme ich zum Arzt?
  我要怎麼去看醫生？
- Können Sie mich zum Arzt bringen?
  您可以帶我去看醫生嗎？
- Können Sie einen Arzt rufen?
  您可以（幫我）叫醫生嗎？
- Gibt es hier eine Apotheke?
  這裡有藥局嗎？
- Wo ist die nächste Apotheke?
  最近的藥局在哪裡？
- Können Sie mir eine Apotheke zeigen?
  可以指給我看藥局在哪裡嗎？
- Gibt es hier ein Krankenhaus?
  這裡有醫院嗎？

- Wo ist das nächste Krankenhaus?

最近的醫院在哪裡？

- Rufen Sie bitte einen Arzt.

請您叫一位醫生。

- Wann haben Sie Sprechstunde?

門診時間是什麼時候？

- Haben Sie heute Sprechstunde.

門診今天有開嗎？

- Kann ich heute noch den Arzt sehen?

我今天還可以看醫生嗎？

- Kann ich heute noch einen Termin machen?

我今天還可以掛號嗎？

- Ich muss mit einem Arzt sprechen.

我需要跟醫生討論。

- Haben Sie ein Medikament gegen Magenschmerzen?

您有治療肚子痛的藥嗎？

- Haben Sie Pflaster?

您有膠布嗎？

- Ich habe mich verletzt.

我受傷了。

- Ich habe mich am Arm/Finger/Bein/Fuß verletzt.

我的手臂／手指／腿／腳受傷了。

- Ich bin erkältet.

我感冒了。

- Ich habe eine Erkältung

我感冒了。

- Rufen Sie bitte einen Krankenwagen
  請您叫一輛救護車。
- Ich brauche Medizin.
  我需要吃藥。
- Ich habe Fieber.
  我發燒了。
- Habe ich Fieber?
  我發燒了嗎？
- Ich glaube, ich habe Fieber
  我覺得我發燒了。
- Ich habe meine Periode.
  我的月經來了。
- Ich bin schwanger.
  我懷孕了。
- Ich habe Schmerzen.
  我很痛。
- Mit tut es hier (sehr/etwas) weh.
  我這裡（很／有一點）痛。
- Ich habe mich erbrochen.
  我吐了。
- Ich habe Durchfall.
  我拉肚子。
- Wenn ich hier drücke, tut es weh.
  我按這裡很痛。
- Seit gestern Abend.
  從昨天晚上開始。

- Wie lange muss ich liegen bleiben?
  我得躺多久？
- Muss ich im Krankenhaus bleiben?
  我需要住院嗎？
- Wie lange muss ich im Krankenhaus bleiben?
  我需要在醫院待多久？
- Ich habe eine Allergie gegen Erdnüße.
  我對花生過敏。
- Was habe ich denn?
  我生什麼病？
- Ist mein Arm gebrochen?
  我的手臂斷了嗎？
- Ich glaube, mein Arm ist gebrochen.
  我覺得我的手臂斷了。
- Ich fühle mich schon etwas besser.
  我已經感覺好一點了。
- Ich habe keine Schmerzen mehr.
  我不痛了。
- Können Sie mir eine Rechnung geben?
  可以給我帳單嗎？

## Dialog 對話

- Guten Tag. Kann ich heute noch einen Termin machen?
  您好，我今天還可以掛號嗎？

- Ja, sicher. Wie ist Ihr Name?

  當然，您貴姓？

- Mein Name ist Jack Chen.

  我叫 Jack Chen。

- Haben Sie eine Krankenversicherung?

  您有健保嗎？

- Ich habe eine internationale Krankenversicherung. Ich brauche dann eine Rechnung.

  我有國際健保，我需要一個收據。

- Kein Problem. Darf ich fragen, warum Sie den Arzt sehen möchten?

  沒有問題，我可以請問為什麼要看醫生嗎？

- Ich glaube ich bin erkältet.

  我覺得我感冒了。

- Ich verstehe. Wenn Sie noch einen Augenblick warten könnten.

  了解，請您等一下。

- Ja, kein Problem.

  沒有問題。

- So, der Arzt kann Sie jetzt empfangen.

  好了，現在醫生可以幫您診斷了。

- Danke.

  謝謝

- Guten Tag, Sie haben eine Erkältung?

  您好，您感冒了嗎？

- Ja, ich glaube, ich habe Fieber.

  對，我覺得我發燒了。

- Dann schauen wir mal. Ah, ja. Sie haben ein wenig Fieber. Aber es ist nicht ernsthaft. Ich gebe Ihnen ein Medikament.

那麼，我們幫您測量看看。啊，對，您有一點發燒了。但不太嚴重，我給您開藥。

- Vielen Dank. Muss ich noch irgendwas beachten?

謝謝，我還需要注意什麼？

- Am Besten Sie ruhen sich heute ein wenig aus. Morgen sollte es schon wieder besser sein.

您今天最好休息一下，明天應該會比較好。

- Gut, dann gehe ich heute früh schlafen.

好，那我今天早一點睡覺。

- Gute Idee. Auf Wiedersehen.

好主意，再見。

- Auf Wiedersehen.

再見。

## ■ Polizei/Feuerwehr/Notruf
## 警察／消防隊／緊急電話

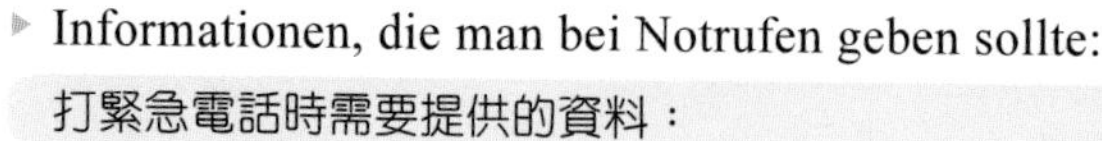

- Informationen, die man bei Notrufen geben sollte:

打緊急電話時需要提供的資料：

- Wer ruft an?

是誰打來的？

- Mein Name ist Jack Chen.

我叫Jack Chen。

- Was ist passiert?

發生了什麼事情？

- Hier ist ein Autounfall passiert.
  這裡發生了一個車禍。
- Wo ist etwas passiert?
  在哪裡發生的？
- Wir sind in der XXX-Straße.
  我們在xxx路。
- Wieviele Verletzte sind dort?
  有幾位傷患？
- Es gibt drei Verletzte.
  有三位傷患。
- Warten auf Rückfragen.
  請等待稍後的詢問。
- Hilfe!
  救命！
- Überfall!
  遇襲！
- Ein Dieb, ein Dieb!
  有小偷！小偷！
- Es ist ein Unfall passiert.
  發生一個意外。
- Wo ist die Polizei?
  警察在哪裡？
- Wo ist ein Telefon?
  電話在哪裡？
- Haben Sie ein Telefon?
  您有電話嗎？

- Man hat mich bestohlen.

我的東西被偷了。

- Rufen Sie die Polizei/Feuerwehr!

請您叫警察／消防隊。

- Mir wurde mein Geld gestohlen.

我的錢被偷了。

- Meine Tasche wurde gestohlen.

我的包包被偷了。

- Es brennt!

燒起來了！

- Feuer!

火警！

- Ich habe mich verletzt.

我受傷了。

- Niemand ist verletzt.

沒有人受傷。

- Es ist noch jemand im Haus.

房子裡還有人。

- Ich hatte einen Verkehrsunfall.

我出車禍了。

- Ich blute.

我流血了。

- Es gibt Verletzte.

有傷患。

- Rufen Sie bitte einen Krankenwagen.

請您叫救護車。

消防隊、救護隊、急診醫生緊急電話號碼。
▸ 112

警察局緊急電話號碼。
▸ 110

## Dialog 對話

▸ Hallo, ist da die Polizei?
哈囉，是警察嗎？

▸ Ja, was kann ich für Sie tun?
是的，我可以幫您什麼忙？

▸ Hier ist ein Autounfall passiert.
這裡發生了一個車禍。

▸ Wie ist Ihr Name
您叫什麼名字？

▸ Mein Name ist Jack Chen.
我叫Jack Chen。

▸ Was ist passiert?
發生了什麼事情？

▸ Hier ist ein Autounfall passiert.
這裡發生了一個車禍。

▸ Wo ist der Unfall passiert?
車禍在哪裡發生的？

▸ Wir sind in der XXX-Straße.
我們在xxx路。

- Wieviele Verletzte sind dort?

有幾名傷患？

- Es gibt drei Verletzte.

有三名傷患。

- Schwer verletzt?

傷得很嚴重嗎？

- Einer ist ohnmächtig und einer blutet. Der dritte hat glaube ich nur ein paar Kratzer.

一位暈倒了，一位在流血，另一位我覺得只有皮外傷。

- Gut, vielen Dank. Polizei und Krankenwagen kommen sofort.

好的，謝謝。警察跟消防隊馬上就來。

## ■Verloren 遺失

- Wo ist das Fundbüro?

失物招領處在哪裡？

- Ich habe etwas verloren.

我的東西丟了。

- Ich habe meine Kamera verloren.

我弄丟了我的相機。

- Ich habe hier gestern meine Tasche vergessen.

我昨天把我的包包忘在這裡。

- Haben Sie ein Handy gefunden?

您有找到一支手機嗎？

- Ich habe meine Geldtasche verloren.

我弄丟了我的錢包。

- In der Geldtasche war meine Kreditkarte.
  錢包裡有我的信用卡。
- In der Geldtasche war mein Reisepass/Ausweis.
  錢包裡有我的護照／身份證。
- Mein Reisepass ist verschwunden.
  我的護照不見了。
- Haben Sie eine rote Jacke gesehen?
  您有看到一件紅色夾克嗎？
- Können Sie mich anrufen, wenn Sie meine Jacke gefunden haben?
  如果您找到我的夾克時，可以打給我嗎？

## weigern/ablehnen 拒絕

| | |
|---|---|
| Ich will das nicht. | 我不要。 |
| Lassen Sie mich in Ruhe. | 請你讓我一個人靜一靜。 |
| Hören Sie auf. | 請你停止。 |
| Gehen Sie weg. | 走開。 |
| Hau ab. | 走開。 |
| Das brauche ich nicht. | 我不需要這個。 |
| Das gefällt mir nicht. | 我不喜歡這個。 |
| Ich rufe die Polizei! | 我要叫警察！ |

## ■Vokabeln 生詞

| | |
|---|---|
| Abend, der | 晚上 |
| aber | 可是；不過；但是 |
| ablehnen | 解決 |
| Adresse, die | 地址 |
| Allergie, die | 過敏 |
| anrufen | 打電話 |
| Apotheke, die | 藥局 |
| Arm, der | 手臂 |
| Arzt, der | 醫生（男） |
| Ärztin, die | 醫生（女） |
| Augenblick, der | 一會兒 |
| Ausweis, der | 證件 |
| Autounfall, der | 車禍 |
| bald | 不久；很快地 |
| beachten | 注意到 |
| bei | 在；在於 |
| Bein, das | 腿 |
| besser | 比較好的 |
| bestohlen | 被偷的 |
| bis | 直到 |
| bitte | 請 |

| | |
|---|---|
| bleiben | 停留；留下 |
| bluten | 流血 |
| Botschaft, die | 大使館 |
| brauchen | 需要 |
| brechen | 打斷 |
| brennen | 燃燒；燒 |
| bringen | 攜帶；送 |
| da | 那邊 |
| danke | 謝謝 |
| dann | 後來；然後 |
| denn | 因為 |
| Dieb, der | 小偷 |
| dort | 那邊 |
| drücken | 推；壓 |
| Durchfall, der | 拉肚子 |
| dürfen | 可以；允許 |
| empfangen | 接待；接受 |
| erbrechen | 吐出 |
| Erdnuß, die | 花生 |
| erkälten | 感冒 |
| Erkältung, die | 感冒 |
| ernsthaft | 認真的；嚴重的 |
| etwas | 一點點 |

| | |
|---|---|
| Feuer, das | 火 |
| Feuerwehr, die | 消防隊 |
| Fieber, das | 發燒 |
| finden | 找到 |
| Finger, der | 手指 |
| fragen | 問；提問 |
| früh | 早的 |
| fühlen | 感覺 |
| Fundbüro, das | 失物招領處 |
| für | 對於 |
| Fuß, der | 腳 |
| geben | 給予 |
| gefallen | 喜歡 |
| gegen | 反對；對抗 |
| gehen | 去；走路 |
| Gehirnerschütterung, die | 腦震盪 |
| Geld, das | 錢 |
| Geldtasche, die | 錢包 |
| gestern | 昨天 |
| glauben | 相信；覺得 |
| gut | 好的 |
| haben | 有 |

| | |
|---|---|
| Handy, das | 手機 |
| Handynummer, die | 手機號碼 |
| Haus, das | 房子 |
| heute | 今天 |
| hier | 這裡 |
| hierher | 到這裡 |
| Hilfe, die | 幫助 |
| hören | 聽 |
| Idee, die | 主意；點子 |
| Information, die | 資料；資訊 |
| international | 國際上的 |
| irgendetwas | 任何東西；任何事情 |
| Ja | 是 |
| Jacke, die | 外套 |
| jemand | 某人；有人 |
| jetzt | 現在 |
| Kamera, die | 相機 |
| kein | 無；沒有 |
| kommen | 來 |
| kommunizieren | 連絡；溝通 |
| können | 會；可以；能 |
| krank | 生病的 |
| Krankenhaus, das | 醫院 |

| | |
|---|---|
| Krankenversicherung, die | 健保 |
| Krankenwagen, der | 救護車 |
| Krankheit, die | 病症；疾病 |
| Kratzer, der | 刮傷 |
| Kreditkarte, die | 信用卡 |
| lassen | 讓；給 |
| liegen, liegt | 躺；處在 |
| machen | 做；製作 |
| Magenschmerzen, die | 胃痛 |
| Mal, das | 次數 |
| man | 人們；別人；有人 |
| Medikament, das | 藥物 |
| Medizin, die | 藥物 |
| mehr | 比較多 |
| mit | 跟 |
| Mobiltelefon, das | 手機 |
| möchten | 想要 |
| Morgen, der | 早上 |
| nächste | 下一個；最近的 |
| Name, der | 名字 |
| nicht | 不；無；非 |
| niemand | 無人；沒人 |

| | |
|---|---|
| noch | 還有 |
| Notfall, der | 緊急情況 |
| Notruf, der | 緊急電話號碼 |
| nur | 只是；只有 |
| ohnmächtig | 不醒人事的；昏迷的 |
| paar | 一些 |
| passieren | 發生 |
| Periode, die | 月經；一段時間 |
| Pflaster, das | 藥膏；膠布 |
| Polizei, die | 警察 |
| Polizist, der | 警察（男） |
| Polizistin, die | 警察（女） |
| Problem, das | 問題 |
| Puls, der | 脈搏 |
| Rechnung, die | 帳單 |
| Reisepass, der | 護照 |
| rot | 紅色 |
| Rückfrage, die | 質問 |
| rufen | 叫喊 |
| Ruhe, die | 安靜 |
| ruhen | 休息 |
| schauen | 觀看 |
| schlafen | 睡覺 |

| | |
|---|---|
| Schmerzen, die | 疼痛 |
| schon | 已經 |
| schwanger | 懷孕 |
| schwer | 困難的；重的 |
| sehen | 看 |
| sehr | 很 |
| seit | 從那時候起 |
| sicher | 安全的 |
| sofort | 馬上 |
| sollen | 應該 |
| sprechen | 講話 |
| Sprechstunde, die | 門診時間 |
| stehlen | 偷；搶 |
| Straße, die | 路；街道 |
| Tag, der | 天；日 |
| Tasche, die | 包包 |
| Telefon, das | 電話 |
| Telefonnummer, die | 電話號碼 |
| Termin, der | 定期；日期 |
| tun | 做 |
| Überfall, der | 襲擊 |
| und | 與；和 |
| Unfall, der | 意外；車禍 |

| | |
|---|---|
| vergessen | 忘記 |
| Verkehrsunfall, der | 車禍 |
| verletzen | 傷害；受傷 |
| Verletzte, der | 傷患（男） |
| Verletzte, die | 傷患（女） |
| verlieren | 遺失 |
| verschwinden | 消失；不見 |
| verschwunden | 不見的 |
| verstehen | 懂；了解；聽懂；看懂 |
| Vertretung, die | 代表；代辦處 |
| viel | 多的 |
| vorbei | 過了；過去 |
| wann | 什麼時候？ |
| warten | 等待 |
| warum | 為什麼？ |
| was | 什麼？ |
| weg | 不見了 |
| weggehen | 走開 |
| weigern | 拒絕 |
| wenig | 少的 |
| wenn | 如果；假如 |
| wer | 誰？ |
| wie | 怎麼？怎麼樣？如何？比如 |

| | |
|---|---|
| wieder | 再；又 |
| Wiedersehen, das | 再見 |
| wieviel | 多少？ |
| wo | 哪裡？ |
| wollen | 想要 |
| zeigen | 表示；指引 |

## ■Grammatik 文法

很多人說德文文法很複雜，德文文法雖然有很多規則，但意思卻很清楚，尤其是發音的規則。由於很多規定和很多細節在這裡沒辦法解釋清楚，所以只能提供一些基本的方法。

代名詞必須按照名詞在句中的功能而變化成主詞（主格）或 受詞（間接受格、直接受格、所有格）。

| Personal-pronomen | Nominativ（主格）(= 1. Fall) | 代名詞 | Genitiv（所有格）(= 2. Fall) | Dativ（間接受格）(= 3. Fall) | Akkusativ（直接受格）(= 4. Fall) |
|---|---|---|---|---|---|
| Singular | ich | 我 | meiner | mir | mich |
| | du | 你 | deiner | dir | dich |
| | er | 他 | seiner | ihm | ihn |
| | sie | 她 | ihrer | ihr | sie |
| | es | 它 | seiner | ihm | es |
| Plural | wir | 我們 | unser | uns | uns |
| | ihr | 你們 | euer | euch | euch |
| | sie | 他們 | ihrer | ihnen | sie |
| Höflich-keitsform | Sie* | 您 / 您們 | Ihrer | Ihnen | Sie |

| | 「sein」＝是、有、在 |
|---|---|
| ich bin | 我是 |
| du bist | 你是 |
| er ist | 他是 |
| sie ist | 她是 |

| es ist | 它是 |
| --- | --- |
| wir sind | 我們是 |
| ihr seid | 你們是 |
| Sie sind | 您是 |
| sie sind | 他們是 |

## 例 句

- Ich bin Taiwaner

我是台灣人。

- Du bist in Deutschland

你在德國。

- Er ist 25 Jahre alt.

他25歲。

- Wir sind Studenten.

我們是大學生。

- Ihr seid aus Deutschland.

你是從德國來的。

- Sie sind sehr fleißig.

他們很認真。

- Sie sind in Deutschland.

您在德國。

| Possessivpronomen | 物主代詞 |
|---|---|
| mein | 我的 |
| dein, | 你的 |
| sein, ihr, sein | 他的、她的、它的 |
| unser | 我們的 |
| euer | 你們的 |
| ihr | 他們的 |

德文的名詞分成陽性、陰性、中性。用「定冠詞」（der, die, das）或「不定冠詞」（ein, eine, ein）則表示名詞是陽性、陰性或中性。困難的是，其實沒有規則可以分辨名詞是陽性、陰性或中性。所以學新的名詞時，也要順便記冠詞。

（不）定冠詞必須按照名詞在句中功能變化為主詞（主格）或受詞（間接受格，直接受格，所有格）。

## Der bestimmte Artikel 定冠詞

**der, maskulin 陽性，singular 單數**

der Mann（主格）

- Der Mann hat ein Buch.

這個男生有一本書。

des Mannes（間接受格、直接受格、所有格）

- Das Buch des Mannes ist interessant.

這個男生的書很好看。

dem Mann（間接受格、直接受格、所有格）

▸ Ich gebe das Buch dem Mann.

我把書給這個男生。

den Mann（間接受格、直接受格、所有格）

▸ Ich sehe den Mann.

我看到這個男生。

**der, maskulin 陽性，Plural 複數**

die Männer（主格）

▸ Die Männer sind im Haus.

這些男生在房子裡面。

der Männer（間接受格、直接受格、所有格）

▸ Das Haus der Männer ist groß.

這些男生的房子很大。

den Männern（間接受格、直接受格、所有格）

▸ Ich geben den Männern ihr Geld.

我把他們的錢給了這些男生。

die Männer（間接受格、直接受格、所有格）

▸ Ich sehe die Männer.

我看到了這些男生。

**die, feminin 陰性，singular 單數**

die Frau（主格）

▸ Die Frau hat ein Buch.

這個女生有一本書。

der Frau（所有格）

▸ Das Buch der Frau ist interessant.

這個女生的書很好看。

der Frau（間接受格）

▸ Ich gebe das Buch der Frau.

我把書給這個女生。

die Frau（直接受格）

▸ Ich sehe die Frau.

我看到了這位女生。

**die, feminin 陰性，Plural 複數**

die Frauen（主格）

▸ Die Frauen sind im Haus.

這些女生在房子內。

der Frauen（所有格）

▸ Das Haus der Frauen ist groß.

這些女生的房子很大。

den Frauen（間接受格）

▸ Ich gebe den Frauen ihr Geld.

我把她們的錢給這些女生。

die Frauen（直接受格）

▸ Ich sehe die Frauen.

我看到了這些女生。

**das, neutral 中性，singular 單數**

das Kind（主格）

▸ Das Kind hat ein Buch.

這個孩子有一本書。

des Kindes（所有格）

▸ Das Buch des Kindes ist interessant.

這個孩子的書很好看。

dem Kind（間接受格）

▶ Ich gebe das Buch dem Kind.

我把書給了這個孩子。

das Kind（直接受格）

▶ Ich sehe das Kind.

我看到了這個孩子。

**das, neutral 中性，Plural 複數**

die Kinder（主格）

▶ Die Kinder sind im Haus.

這些孩子在房子裡。

der Kinder（所有格）

▶ Das Haus der Kinder ist groß.

這些孩子的房子很大。

den Kindern（間接受格）

▶ Ich gebe den Kindern ihr Geld.

我把他們的錢給了這些孩子。

die Kinder（直接受格）

▶ Ich sehe die Kinder.

我看到了這些孩子。

## Der unbestimmte Artikel 不定冠詞

**ein, maskulin 陽性，singular 單數**

ein Mann（主格）

▶ Ein Mann ist im Haus.

一個男生在房子裡。

eines Mannes（所有格）

▶ Das Herz eines Mannes ist groß.

一個男生的心胸很大。

einem Mann（間接受格）

▶ Ich gebe einem Mann das Geld.

我把錢給了一個男生。

einen Mann（直接受格）

▶ Ich sehe einen Mann.

我看到了一個男生。

**maskulin 陽性，Plural 複數**

無冠詞，只用字的複數：Männer

**eine, feminin 陰性，singular 單數**

eine Frau（主格）

▶ Eine Frau ist im Haus.

一個女生在房子裡。

einer Frau（所有格）

▶ Das Herz einer Frau ist groß.

一個女生的心胸很寬大。

einer Frau（間接受格）

▶ Ich gebe einer Frau das Geld.

我把錢給了一個女生。

eine Frau（直接受格）

▶ Ich sehe eine Frau.

我看到了一個女生。

**feminin 陰性，Plural 複數**

無冠詞，只用字的複數：Frauen

**ein, neutral 中性，singular 單數**

ein Kind（主格）

▸ Ein Kind ist im Haus.

一個孩子在房子裡。

eines Kindes（所有格）

▸ Das Herz eines Kindes ist groß.

一個孩子的心胸很寬大。

einem Kind（間接受格）

▸ Ich gebe einem Kind das Geld.

我把錢給了一個孩子。

ein Kind（直接受格）

▸ Ich sehe ein Kind.

我看到一個孩子。

**ein, neutral 中性，Plural 複數**

無冠詞，只用字的複數型式：Kinder

德文的動詞必須變化。

第一個變化是按照句子的主格（Nominativ）—主格可能是代名詞或別的名詞（比如：Haus「房子」、Auto「汽車」、Ball「球」等等）

第二個變化是按照時態：過去式、現在式和未來式。

可是有一個比較簡單的用法：

聊天時可以使用現在式表達。

比如：動詞：「gehen」（去）

現在式：Ich gehe（我去）

未來式：Ich werde gehen（我會去）

如果要說：「明天我會去臺北」時，

理論上要說：「Ich werde morgen nach Taipei gehen.」

可是聊天時可以說：

「Ich gehe morgen nach Taipei.」

下面是一些動詞變化的例子：

| Regelmäßige / schwach Verben（規則／弱動詞變化）<br>Verben: lieben（愛） | ich | du | er | wir | ihr | sie/Sie |
|---|---|---|---|---|---|---|
| 現在式 Präsens | liebe | liebst | liebt | lieben | liebt | lieben |
| 完成式 Perfekt（聊天時使用） | habe geliebt | hast geliebt | hat geliebt | haben geliebt | habt geliebt | haben geliebt |
| 過去式 Präteritum（說故事時使用） | liebte | liebtest | liebte | liebten | liebtet | liebten |
| 未來式 Futur I | werde lieben | wirst lieben | wird lieben | werden lieben | werdet lieben | werden lieben |

其他的例子：kommen（來）、lachen（笑）、weinen（哭）、sagen（說）、hoffen（希望）

| Regelmäßige / schwach Verben（規則／弱動詞變化）<br>verben: arbeiten（工作） | ich | du | er | wir | ihr | sie/Sie |
|---|---|---|---|---|---|---|
| 現在式 Präsens | arbeite | arbeitest | arbeitet | arbeiten | arbeitet | arbeiten |
| 完成式 Perfekt（聊天時使用） | habe gearbeitet | hast gearbeitet | hat gearbeitet | haben gearbeitet | habt gearbeitet | haben gearbeite |
| 過去式 Präteritum（說故事時使用） | arbeitete | arbeitetest | arbeitete | arbeiteten | arbeitetet | arbeiteten |
| 未來式 Futur I | werde arbeiten | wirst arbeiten | wird arbeiten | werden arbeiten | werdet arbeiten | werden arbeiten |

其他的例子：antworten（回答）

| Regelmäßige / schwach Verben（規則 / 弱動詞變化） | ich | du | er | wir | ihr | sie/Sie |
|---|---|---|---|---|---|---|
| verben: arbeiten（工作） | | | | | | |
| 現在式 Präsens | fahre | fährst | fährt | fahren | fahrt | fahren |
| 完成式 Perfekt*（聊天時使用） | bin gefahren | bist gefahren | ist gefahren | sind gefahren | seid gefahren | sind gefahren |
| 過去式 Präteritum（說故事時使用） | fuhr | fuhrst | fuhr | fuhren | fuhrt | fuhren |
| 未來式 Futur I | werde fahren | wirst fahren | wird fahren | werden fahren | werdet fahren | werden fahren |

## Präpositionen 介系詞

| | |
|---|---|
| an | 在於；在；在旁邊 |
| auf | 上面；在…之上 |
| aus | 從；自；來自 |
| außer | 除了…之外 |
| über | 上面；以上；關於 |
| bei | 在於；在；旁邊 |
| bis | 直到 |
| durch | 經過；穿過；透過 |
| in | 在…之內；之內 |
| jenseits | 以外 |
| nach | 到；往；向 |
| nahe | 臨；附近 |
| neben | 旁邊；除了 |
| unter | 下面；在…之下 |
| unterhalb | 以下；下；下面 |
| zwischen | 之間 |

Note
筆記

Note
筆記

Note
筆記

Note
筆記

Note
筆記

Note
筆記

Note
筆記

Note
筆記

Note
筆記

國家圖書館出版品預行編目資料

旅遊德語會話／黃逸龍編著.--初版--.--臺北市：書泉,2013.06
面； 公分
ISBN 978-986-121-832-8
(平裝)
1.德語 2.會話
805.288 102006905

3AC7

旅遊德語會話

編 著— 黃逸龍
發 行 人— 楊榮川
總 編 輯— 王翠華
主 編— 朱曉蘋
封面設計— 吳佳臻
出 版 者— 書泉出版社
地 址：106台北市大安區和平東路二段339號4樓
電 話：(02)2705-5066
傳 真：(02)2706-6100
網 址：http://www.wunan.com.tw
電子郵件：shuchuan@shuchuan.com.tw
劃撥帳號：01303853
戶 名：書泉出版社

經 銷 商：朝日文化
進退貨地址：新北市中和區橋安街15巷1號7樓
TEL：(02)2249-7714 FAX：(02)2249-8715

法律顧問 林勝安律師事務所 林勝安律師

出版日期 2013年6月初版一刷
2016年6月初版二刷
定 價 新臺幣280元